手推車大作戰

The Pushcart War

Jean Merrill
琴・麥瑞爾 著　葛窈君 譯

獻給

米爾頓、馬丁、莫瑞斯、摩西、兩個麥可，

和其他我在湯普金斯廣場公園裡和附近認識的卡車司機，

以及

有需要時一定會放大照片的瑪麗。

【經典新視界】出版緣起

不只是好故事，也是生命中重要的事

回想童年時代，與「閱讀」有關的回憶總是溫暖而充滿愛：晴朗微風的週末午後，父親牽著我的手走進兼賣各式文具、參考書的社區小書店，讓我挑選自己喜歡的書。經過一番躊躇猶豫，把架上的幾本書拿上又拿下，好不容易選定了書（很節制的一次只挑一本），讓書店老闆用素雅的薄紙包起。而後喜孜孜的捧起書，父女倆手牽手，愉快的散步回家，期待不久之後的下一趟「買書小旅行」。

彼時在小女孩心田深植的閱讀種子，如今已發芽茁長，讓我成為悠遊書海的愛書人。而今有幸成為出版人，最美麗的理想便是為孩子們出版好書，讓他們享受我曾經享受過的，關於閱讀的種種美好。

近年來有不少專家學者發表「閱讀與人格發展」的相關研究成果，指出「閱讀小說」是培養解決問題能力的絕佳方式。小說情節往往呼應現實人生；觀察小說主角的思考邏輯與行為模式，擴展了讀者的生活經驗，提升與人群和環境對應的能力。

諾貝爾文學獎作家馬奎斯筆下迷人的魔幻世界，原型來自童年時期外婆娓娓敘述的鄉土神話傳奇。外婆的故事穿過門外的雲絮與穹蒼，緩緩飄升，擴展了幼年馬奎斯的想像，使他融入幾千里外另一世代的眾多心靈，與不同時空的人群同悲共喜。

《哈利波特》作者J.K.羅琳曾在哈佛大學畢業典禮勉勵畢業生：人類是地球上唯一不需要「親身經歷」、便能「設身處地」想像他人心思和處境的生物。而啟動我們內心這股「魔法想像」與豐沛能量的泉源，正來自一部部開展讀者眼界的文學傑作。

義大利作家卡爾維諾說：「『經典』是每次重讀都帶來新發現的書；經典之書對讀者所述永無止境。」

經過縝密的評估、規劃並諮詢專家學者，遠流出版於二〇一六年初春隆重推出【經典新視界】書系，為少年讀者精選世界經典傑作。值得一提的是：其中多數書目為數十年來首見中文版，盼能為讀者彌補過往錯過的美好。這些好書均已在國外長銷半世紀，是一波波時光浪潮淘洗而出的珍珠，更是世界文學史上的瑰寶，榮獲國際大獎或書評媒體高度讚譽，值得品讀、典藏。

每本書不但有好看的故事，更有豐富深刻的議題。我們相信透過閱讀，能讓人生中各個階段重要的思考課題自然融入孩子心中；特別是家庭情感、土地認同、情緒管理、同理包容、人際關係、獨立思考、滋養創意、追尋夢想、公民意識……等。

這些好書陪伴孩子面對成長課題、養成一生受用的態度與價值觀，也幫助成人深入理解孩子的內心世界，成為孩子的傾聽者與陪伴者。為此，全系列每本書均委聘專家學者撰寫深入導讀，培養讀者的精讀力與思辨力，並可作為親子互動或教學活動的指引。

我們期待——透過經典好書涵養孩子的美感品味和情感底蘊；對生活有豐富的感受，對他人有同理包容之心。

我們期待——透過經典好書讓孩子培育深刻思辨、演繹批判和創新領導能力，進而拓展寰宇視野；在學習與成長過程中，站得高、看得遠。

我們深切期待——【經典新視界】為孩子構築與閱讀和家庭相關的美好記憶，讓孩子大口吸納成長的養分，眼中閃爍著被好故事點亮的靈光，看見新視界！

（楊郁慧執筆）

推薦文

一場白色公民正義行動！

王文華（金鼎獎兒童文學作家）

這是未來紐約版的白色公民正義。

如何與財團對抗，如何伸張正義？當層層體制勾結串連、不斷壓縮我們生存的空間，透過本書讓孩子明白，「以小搏大」不是不可能——只要沉默的多數願意站出來，我們都有能力，讓家園變得更好。

以冷靜的心堅持信念

吳惠花（新北市老梅國小校長）

這是一本開了頭就停不下來的好作品。

故事開端是卡車司機衝撞花販的手推車，水仙花散落四處、花販倒栽蔥掉進大桶子裡，如此具有戲劇張力的畫面，引發一連串的事件，演變成手推車小販和卡車公司兩股勢力的角逐戰。這是一場不公平的對抗，猶如「小蝦米對抗大鯨魚」，弱勢的手推車小販不斷受到官方與媒體的抹黑，然而他們憑藉著互助互信、團結一致的力量，以及堅持自我的信念，永不放棄，讓和平的訴求漸漸擴及到紐約市民的心中。

奮鬥抗爭之路是艱辛的，扭轉人們心中既定的想法更是困難重重。《手推車大作戰》之所以能如此引人入勝，在於作者十分有耐心的想要讓讀者了解：事件的「真相」，往往充斥著盲點、謊言與抹黑。書中以全知全能的敘述視角，兼以平穩且客觀的口吻，敘述整件事情的來龍去脈。作者並不刻意煽動讀者的情緒，也不帶有過多同情弱者的視角，或斥責憎恨企業惡行，而是讓讀者在閱讀時以一顆冷靜的心，深刻體認到社會體制的黑暗面。

讀完整個故事後，你的心中將充滿力量；除了為一群沒沒無聞的底層人士加油打氣之外，更鼓勵自己，面對事情被扭曲與抹黑時，仍要堅持信念、不為所動，相信公平與正義總有一天能得到伸張。

撼動人心的傑作

林文寶（臺東大學兒童文學研究所榮譽教授）

此書以幽默活潑的方式書寫，宛如一場嘉年華會，處處火花魔術，絕無冷場；有時像看報導，有時像看電影，有時又像看日記，卻沒有任何違和感。作者展現出過人的說故事才華，不著痕跡的抽絲剝繭出戰爭的多種面向，創造出一場精采絕倫的戰爭。

《手推車大作戰》出版至今半世紀，其中所探討的「戰爭意義」、「和平價值」和「公平正義」等議題，並未隨著時間而褪色，反而更加撼動人心、熠熠生輝，真是一本不可思議的傑作！

愉悅鮮活的閱讀之旅

林淑珍（桃園市宋屋國小校長，筆名林茵）

本書描寫手推車和卡車的戰爭，取材特殊，談的則是強勢欺壓弱勢的霸權心態，以及智慧對抗強權而終於成功的小人物故事。後者在我們看來並不陌生，以現在的用語來講，就是「反制霸凌」和「社會正義」。

在作者琴·麥瑞爾寫作這本書的年代，「霸凌」（bulling）一詞尚未流行，但是逞威風、欺凌別人的現象卻一直普遍存在，所以她巧妙的將當時日益興起的交通亂象、城市衝突，用生花妙筆寫成了這個大快人心的故事。

作者顯然是說故事高手，書中交叉運用了多種敘事手法，例如在故事進行中巧妙的插入了會議紀錄、報紙報導，若干篇章還直接運用了大量的對話，使散文化的敘事手法擁有更多變化，甚至在書末出現了數學課本的「公式」，讓讀者會心一笑。書中的情節起伏出人意表：眼看手推車勝券在握，一下子卻在政客的操弄下陷入困境，不過這樣的低潮並未持續多久，讀者旋即看到了心理戰的逆轉勝……

書中詼諧、機智甚至反諷的對話隨處可見，很適合引導孩子獨立思考判斷，作為了解政治、經濟、社會、文化之輔助教材。例如「法蘭克帽」的意外爆紅，反映了一窩蜂趕流行的社會現象；「賣花的法蘭克粉絲團」則無異於現今追星粉絲的行徑；「花生醬演說」中，我們還看到了二分法的操弄，與當代政治現象如出一轍。但我個人認為最值得注目的，還在於精心設計的故事情節，巧妙推演著敘事的方向。

用幽默的口吻和環環相扣的情節，安排三十六個互相連貫的章節，漸進的鋪陳一個讓讀者不知不覺掉入其中的故事，正是本書絕妙處。這些經過鋪陳引導的情節，借用書中人物的說法——「根本是故意的意外」；雖然如此，讀者還是開開心心的隨之起伏，時而手舞足蹈，時而憂心忡忡。

此外，書中提到的許多場景，例如聚集了許多流浪漢，被稱為「紐約客廳」的湯普金斯廣場公園，以及收集大約三百萬件歷史文物的紐約市立博物館等，都是真有其地，也因此虛實交錯，充滿了真實感，讓讀者信以為真的沉浸在閱讀樂趣中。

《手推車大作戰》充分達到了「兒童性」、「遊戲性」、「文學性」、「教育性」，是一本歷久不衰的經典文學作品；沒有抽象的概念和說理，很適合在教室中導讀，讓孩子理解霸凌是如何的不可取，政治、經濟、社會、文化和時事又是怎麼一回事。不過，回歸閱讀本身，讓閱讀樂趣凌駕一切，才是更值得推崇的作法。

建議讀者不妨把「寓教於樂」的教育意義，僅視為本書的附加價值，拋開目的性，一起融入這場愉悅鮮活的閱讀旅行中！

公民意識的強大啟發

施政廷（兒童文學工作者）

台灣百年來的國民教育和社會氛圍，向來都不特別強調公民的意識和能力。我們也忘了我們肩負著義務：當社會變得越來越不公不義的時候，不論男女老幼都應該、也可以參與對社會的改變。

這本青少年小說不用偉人傳記的說教方式，有趣的穿越時空而來，對我這個僵化的老骨頭來說，真是公民意識的強大啟發。這是正處於改變道路上的台灣未來主人翁真正需要閱讀的書。雖然我私心認為若是能早些出版該有多好！但現在出版了，正是時候。

並不遙遠的虛構戰爭

柯華葳（國家教育研究院院長）

這部虛構小說描繪人與人之間或不同利益團體之間的紛爭、衝突與爭戰，令人相當佩服作者從各種因素和不同角度的深入觀察。但誰說是虛構？今天在紐約街頭還是看得到卸貨的大卡車和販售各種東西的手推車。

書中具體而微的反映權力、武力、勢力不均時的種種算計與謀略，讀起來似乎荒謬可笑，但想到卡車老闆除去手推車後，接下來要趕盡殺絕的便是汽車和計程車，不就是當時希特勒企圖消滅猶太人和殘障人士、進而殲滅所有非我團體的計畫？不就是今天世界各地戰爭的藉口？

《手推車大作戰》是一本發人深省的好書，我們不該忽略。

深刻細膩的人性啟示錄

桂文亞（兒童文學工作者）

這是一部開卷便欲罷不能、掩卷則肅然起敬的經典傑作。它初以荒謬、瘋狂、想像、幽默、緊湊甚至爆笑的情節構築了一個越讀越深刻細膩、越警醒理性也越令人激動的「現代人性啟示錄」：以強欺弱、以多擊寡；謊言、騙局；媒體的、財團的、政治的操弄……咦，怎麼如此接近當代社會的現實情境？

與此同時，讀者將為一種正義的力量所感召——是的，這是一場「善」與「惡」的大對決，讓飽經挫折、畏怯退縮的心靈再度覺醒！

以小搏大、伸張公義

傅林統（兒童文學工作者）

雖然只是手推車小販發起的區域戰事，卻波濤萬丈、高潮迭起、扣人心弦，且攸關全體人類的幸福。

整個故事不僅掌握報導文學資訊周延細密、充滿真實臨場感的特質，更淋漓盡致的發揮小說的感性與戲劇性，把一群小人物不畏強權、合作無間、以小搏大、伸張公義的過程，寫得神氣活現。

媲美將帥的足智多謀，壯士的冒險犯難，謀士的知己知彼；一枝妙筆，讓人物形象躍然紙上。

驅逐巨象、威虎、躍馬，還給市民寧靜安詳、通行順暢的街道，這段寓意可以無限延伸，連接人們的共同願望；畢竟人類渴望的是免於恐懼、威脅、汙染的生存空間。

《手推車大作戰》以文學藝術的手法表現高瞻遠矚、撼動人心的主題，影響深遠，已臻不朽經典。

思考民主的意涵

蔡淑媖（兒童文學工作者）

讀這個故事時，明明知道它是虛擬的，我卻一頭栽進這場戰爭中，搜尋各個細節，腦筋動個不停。我還用筆把關鍵處圈起來，思考影響戰爭成敗的因素。

在你來我往的對決中，我看到「公民不服從」的應對方式，思考著什麼才是真正的民主。當被壓迫時，首先要團結，彼此信任結成一條心，然後有耐心的去周旋、談判。必要時犧牲小我、在所不惜，但絕不衝動行事、失去群眾的支持。

希望台灣的孩子都來讀讀《手推車大作戰》，一起思考討論公民議題。

相信自己的力量

嚴淑女（童書作家與插畫家協會台灣分會會長〔SCBWI-Taiwan〕）

這個故事運用真實與虛構交錯的手法述說平民百姓如何團結一致、對抗企業政治、爭取公民權益。不僅激勵人心，更能啟發孩子面對現實世界的暴力欺凌時，如何運用智慧，和平而堅定的表達意見。

雖然這是發生在紐約的戰爭，卻可適用於全世界的大小戰爭。唯有每個人都了解戰爭的起因，消弭歧見，世界才能真正和平。

《手推車大作戰》這部經典傑作讓孩子學會尊重別人；遇見不公之事時，有站出來抗爭的勇氣；並相信自己有能力改變未來，打造公平正義的新世界。

導讀

了解戰爭與人性的智慧

楊茂秀（毛毛蟲兒童哲學基金會創辦人）

《手推車大作戰》是我看過的「童書」中，「不以少年為主角」、「兒童的身影最少」的一本。書中的角色雖然絕大部分都是大人，但是這些大人的思想與行為，卻不折不扣，充滿孩子氣。

成人的思想與行為如小孩；小孩之間的爭端原本細微，這些成人卻將一次次的事件弄成了戰爭。

故事一開始，讀者就被告知：這不是一個虛構的故事，但是，閱讀下去，立刻被吸引——因為虛構，所以更便於呈現許多真實——水仙大屠殺，猛獁象卡車公司的卡車司機麥克，「**開始倒車……直直衝向莫瑞斯的推車尾部，車上的水仙花飛出了幾十公尺，莫瑞本人……一頭栽進了醃黃瓜桶**」，這是一樁人間常見的霸凌事件。

故事中第一次出現的兒童是個男孩，名叫馬文・席利，那時他正在嘗試拍攝一個裝醃黃瓜的桶子。他拍到有個男人飛入桶子裡，照片呈現了四處散落的水仙花，還有一個男人倒插在桶子裡。這張照片被放大到和實物一般大小，活化了許多證據，為故事的結局埋伏了關鍵的轉接點。

人類在有文化之前直到現在，都是戰爭不斷的。我們的歷史很大部分都在教「戰爭史」，但對於戰爭與生活、戰爭與文化、戰爭與大眾心理、戰爭與金錢、戰爭與教育、戰爭與謀略、戰爭發展的階段、戰爭中的敵我關係、戰爭與性別及年齡、戰爭中的策略與戰術、戰爭與媒體、宣傳，戰爭與政治……我們的中小學歷史教材很少或根本不探討這些，而這些才是學歷史最重要的目的：鑑往知來，從歷史中獲得生活的智慧。

我第一次讀《手推車大作戰》的原文書，是在二十多年前，就讀國小三年級的女兒推薦給我的。現在她仍然非常喜歡這本書。她讀某些暢銷書時，反倒沒有給出太好的評價，輕輕說聲：三年級的程度，讀過就算了。《手推車大作戰》她卻常常翻出來讀。問她是什麼促使她一讀再讀，她說：書中的大人，每一個都是小孩，整本書的氛圍是兒童劇的感覺，其中彰顯的幽默與謀略都是直接而且天真的。

女兒除了推薦這本書給我，未來也打算介紹給自己的小孩，讓他們學到有關戰爭與人性的智慧。

《手推車大作戰》在一九六四年首度出版，到現在已經超過半世紀。為什麼我們還要去讀這本「舊書」呢？

《梅岡城故事》一書作者哈波・李甫於二〇一六年二月過世，她的著作問世五十餘年，至今仍然暢銷。凡是對人性具有深刻的透視而成為經典的著作，如莎士比亞、莊子、孔子、史記、聖經……都是一種思考實驗的平台，而不是教訓。

更進一步說，我們的文化，對戰爭的了解之不足，到了恐怖的境地，而我們卻處在隨時都得面對戰爭與天災的時刻。成人讀這本書，可以從兒童的天真、永懷希望與無可救藥的幽默中，學到天之驕子的智慧。

目錄

【經典新視界】出版緣起 3

推薦文

一場白色公民正義行動！／王文華 6

以冷靜的心堅持信念／吳惠花 7

撼動人心的傑作／林文寶 9

愉悅鮮活的閱讀之旅／林淑珍（筆名林茵） 10

公民意識的強大啟發／施政廷 13

並不遙遠的虛構戰爭／柯華葳 14

深刻細膩的人性啟示錄／桂文亞 15

以小搏大、伸張公義／傅林統 16

思考民主的意涵／蔡淑媖 17

相信自己的力量／嚴淑女 18

導讀

了解戰爭與人性的智慧／楊茂秀 19

推薦序

追求和平，從了解戰爭開始 27

作者序

所有人都該知道的一場重要戰役 29

1 導火線：水仙大屠殺 31

2 意想不到的目擊者 34
3 無所不知的手推車之王 37
4 戰爭的前奏 40
5 電影明星的遭遇 44
6 花生醬演說 46
7 觸發戰爭的一句話 49
8 卡車三巨頭祕密會議 52
9 打壓手推車的密謀 60
10 手推車的逆襲 65
11 祕密武器 71
12 豌豆槍作戰：第一階段 77
13 安娜將軍的絕招 86
14 眾說紛紜的爆胎之謎 91
15 賣花的法蘭克被捕 97
16 大莫抨擊警察局長 106
17 豌豆槍作戰：第二階段 109
18 法蘭克帽意外爆紅 116

19 圖釘稅與英國最後通牒 120
20 豌豆大封鎖 123
21 波西豌豆廠防衛戰 126
22 突襲手推車祕密基地 132
23 偵訊手推車之王 137
24 邪惡的綁架陰謀 141
25 一個腦袋勝過三個腦袋 149
26 敵方贊助戰爭基金 157
27 卡車司機宣言 161
28 休戰 164
29 和平遊行 169
30 二度攻擊 173
31 市長的奇襲 178
32 卡車飛鏢靶 181
33 逆轉勝：紙上大反攻 185
34 哈密瓜大進擊 196
35 手推車和平會議 200
36 戰爭過後 205

推薦序

追求和平，從了解戰爭開始

萊曼・康柏立（紐約大學教授，《大者為王歷史觀》作者）

如同本書作者在序言中所說的，為了維護世界和平，我們必須了解戰爭是如何開始的。遺憾的是，現代大部分戰爭的規模過於龐大，一般人根本無從了解。這些戰爭同時在世界五大洲開打，光是要弄清楚各戰場的地點，就得花上二十年的時間研究地理學。參與作戰的軍隊多不勝數，有成千上萬的軍官和數以百萬計的士兵，武器更是精密複雜到連將領都不懂如何操作。

手推車戰爭的獨特之處，在於即使是孩童都能明白如何操作其使用的武器，這是近代唯一可以如此誇口的戰爭。

複雜的戰爭導致戰爭越來越多，因為整個過程太過繁冗，以致愛好和平的人放棄嘗試理解。這本關於手推車戰爭的記述應該可以協助改善這種令人憂心的情況，因為大型戰爭的起因和手推車戰爭是一樣的。

儘管這場戰爭的範圍僅限於單一城市，而且只持續了四個月，但並不表示這是一場無足輕重的小型戰事。在這四個月內，全球首屈一指的大城市可說命懸一線。

作者探究事實的熱忱值得讚揚，她揭露了許多未曾公開的幕後真相。像我就從來沒聽過賣花的法蘭克的飛標靶，也沒聽過麥西・漢默曼智取義大利防彈車的經過。這些都是很有意思的故事，尤其是麥西，讓我們清楚看到他在整場戰爭中有勇有謀的策略。

我也要很不好意思的承認，我從來不知道湯普金斯廣場公園的安娜將軍雕像底座的題字是什麼意思，儘管我在這座公園撰寫《大者為王歷史觀》時，度過了許多愉快的時光（我想本書作者並未提到，這座公園是另一場知名戰爭的戰場，不過當然啦，美國大概沒剩什麼地方不是過往的戰場）。

雖然冒昧，但我要指出一個作者弄錯的地方：關於手推車戰爭發生當時紐約市的打椿機公司數量，作者誤植為四十三家，但是那一年的《打椿機年鑑》列出的是五十三家。這僅是一個瑕不掩瑜的小錯誤。

——謹誌於紐約大學

二〇三六年十二月二日

編按：該篇「推薦序」為作者所虛擬。「萊曼・康柏立教授」亦為故事中的人物之一。

作者序

所有人都該知道的一場重要戰役

手推車戰爭結束不過短短十年，幾個月前我很驚訝的發現，我的姪子在聽到「巨象」這個詞彙時露出疑惑的表情，這讓我意識到他可能從沒看過任何一台「巨象」（戰爭發生時他才兩歲，而且當時他父親被政府外派至冰島工作，他們全家搬了過去）。現年十二歲的男孩從沒看過巨象是可以理解的，讓我訝異的是，他竟然連聽都沒聽過。這讓我注意到，過去從來沒有一本寫給青少年看的「手推車戰爭」史書。萊曼・康柏立教授的《大者為王歷史觀》是一本傑作，記載了他對手推車戰爭的觀察與分析，不過主要的目標讀者是大學生。

我一直認為，除非**所有人**都能了解戰爭的起因，否則世界不會有真正和平的一日。所以我試著用能夠讓所有年齡層的讀者理解的方式，寫下手推車戰爭這起重大事件，好讓所有人從中獲取教訓和啟示。

雖然戰爭發生時我就住在紐約，看著巨象和躍馬在街上橫行，但是那個時候，除了巴迪・韋瑟外，我並不認識這場戰爭的參與者。我個人在第三十三章所描述的決定性戰役當中做出了小小的貢獻，不過在戰爭初期，我和大部分紐約客一樣對進行中的戰事茫然不覺，直到巴迪・韋瑟把馬文・席利拍的水仙大屠殺照片放大成五十公尺見方的海報，才點醒了眾人。

不用說，在撰寫本書的過程中，巴迪・韋瑟幫了我很大的忙。巴迪是我中學校刊的體育編輯，後來成為紐約一家大報社編輯；在手推車戰爭期間，我偶爾會在洋基體育場碰到他。

關於馬文・席利那張照片背後的故事，要感謝巴迪的解說，當然還要感謝巴迪的引介，讓我見到了許多在手推車戰爭中奮戰的勇士。

除了巴迪・韋瑟，我還要感謝麥西・漢默曼花了許多時間回憶當時戰爭的情況，以便回答我的問題。另外要感謝喬伊・卡夫利斯允許我摘錄他的日記內容，還要謝謝紐約公共圖書館的珍稀典藏部門讓我瀏覽〈玻萊特文件〉。

——謹誌於佛蒙特州華盛頓郡

二〇三六年十月十四日

1 導火線：水仙大屠殺

手推車戰爭始於二〇二六年三月十五日下午，一台卡車撞毀了一名花販的手推車。水仙花四散紛飛、撒了滿街，手推車被夷平，手推車的主人則頭下腳上的被拋進一個醃黃瓜的大桶子。

手推車的主人是花販莫瑞斯，卡車司機是受雇於猛獁象搬運公司的麥克。麥克的全名是艾伯特・P・麥克，不過，在關於手推車戰爭的大部分記述中通常稱呼他麥克。

這起事故發生在紐約市第六大道和第十七街交叉口附近。當時麥克正要停車，他有一卡車的鋼琴凳要卸貨，但是停車的位置不夠大。

麥克發現路邊的停車空間不夠，便對著花販莫瑞斯大喊，要他移動手推車，莫瑞斯的推車就停在麥克的正前方。

莫瑞斯已經在這個地點停了半個小時，生意很好，所以沒怎麼注意麥克的喊叫。

麥克猛按喇叭。

這時莫瑞斯抬頭往上看，問道：「為什麼我要移走？我正在這兒做生意。」

要是麥克有禮貌的提出要求，說不定莫瑞斯會願意把推車往前挪個一、兩公尺。要知道莫瑞斯不喜歡被人吼叫，他是個自尊心很強的人，而且正有一名顧客上門買花。所以當麥克再次向他吼叫：「走開！」莫瑞斯只是聳聳肩。

莫瑞斯說：「要走你自己走。」然後繼續對顧客說話。

麥克說：「嘿，我得在五點以前卸下一百多張鋼琴凳。」

莫瑞斯回答：「我得賣掉二十幾束水仙花，放到明天就沒那麼新鮮了。」

麥克說：「是喔，差這兩分鐘就不新鮮啦。」

如同後來幾位歷史學者所指出的，麥克原本可以用卡車擋泥板把莫瑞斯的推車往前推一點點；卡車的體積比手推車大上許多，只要輕輕一碰就能把推車向前移。倒不是說莫瑞斯會喜歡被推，不過卡車司機遇到比較小的車輛擋路時經常會這麼做。

但是當時麥克氣到了。那個時候大部分的卡車司機習慣了橫行霸道、為所欲為，麥克也是如此。猛獁象公司是紐約市最大的卡車公司之一，麥克不喜歡手推車小販囉哩囉唆和他爭吵。

眼看莫瑞斯不打算移動，麥克開始倒車。莫瑞斯聽到了引擎加速運轉的聲音，但沒有回頭看，以為麥克準備繼續往前開到下個路口。但是麥克並沒有往前開，而是直直衝向莫瑞斯的推車尾部，車上的水仙花飛出了幾十公尺。莫瑞斯本人則如同前面所說的，一頭栽進了醃黃瓜桶。這起事件就是我們現在說的「水仙大屠殺」。

水仙大屠殺的來龍去脈之所以能夠廣為人知，是因為有個男孩剛好站在那個醃黃瓜桶旁邊，手上拿著前幾天收到的生日禮物相機，這個男孩名叫馬文·席利。

2 意想不到的目擊者

三月十五日下午，馬文·席利在第十七街一家雜貨店前面，正在嘗試拍攝一個裝醃黃瓜的桶子。當他按下快門的那一瞬間，有個男人飛進了桶子裡，這讓馬文很不開心。不過等到照片洗出來之後，馬文發現四處散落的水仙花拍出來的效果非常好，於是把照片送去雜誌社參加比賽。

雖然這本雜誌比較喜歡普通的醃黃瓜桶照片而不是意外事故的照片，但這張照片贏得了特別獎並且登在雜誌上，碰巧被一個報紙編輯的老婆看到了，也就是巴迪·韋瑟的妻子艾蜜莉。她很喜歡花，所以把這張照片剪下來收藏在剪貼簿裡。

後來，當大家七嘴八舌討論手推車戰爭是怎麼開始的時候，艾蜜莉想起了這張特別的照片，她把剪報拿給丈夫看。以前一直把妻子的剪貼簿當作笑話看的巴迪·韋瑟，這一次睜大了眼睛，身為紐約大報社的編輯可不能對一篇精采的故事一笑置之。

根據馬文的照片，巴迪推敲出了好幾項事實。首先，他認出了手推車的主人是花販莫瑞斯（雖然照片上看不到莫瑞斯的臉，因為他的頭深深埋在醃黃瓜桶裡）。

麥克的臉倒是看得很清楚，還有卡車公司的名稱也是。照片中的麥克從駕駛座窗戶探出身體，滿臉怒容，卡車側邊漆著大大的**猛瑪象搬運**幾個字。

猛瑪象是一家有名的卡車公司，旗下擁有七十二輛卡車，公司的口號是：「最猛的任務當然要交給猛瑪象。」

猛瑪象的卡車有三種尺寸，最小的一號車被司機暱稱為「象寶寶」，二號車是「象媽媽」，三號車是「巨象」。撞倒花販莫瑞斯的就是一台巨象。

關於麥克肇事時所開的卡車尺寸原本有許多爭議，最後巴迪決定放大馬文‧席利的照片，放大到麥克的臉和實際大小一樣。如果麥克的臉和實際大小一樣，就表示照片裡的醃黃瓜桶、水仙和卡車也全都和實物大小一樣。這樣一來，巴迪只需要拿出捲尺測量，就可以知道卡車的尺寸了。

說來容易做來難，放大出來的照片大到巴迪必須把它帶到辦公室附近的公園，才有空間攤在地上測量。結果是巨象沒錯。

這張大照片也給了巴迪必要的線索，讓他找出手推車的主人。照片左下角拍到了一些四分五裂的手推車殘骸，巴迪在其中一塊碎片上認出了**瑞斯**兩個字，另一塊碎片上則有個花字。

這張由巴迪・韋瑟放大的馬文・席利的照片目前陳列於紐約市立博物館。博物館保存這張照片的部分原因是，超大尺寸使這張照片成為一項奇珍，另一部分原因則是其歷史價值——這是手推車戰爭實際上如何開打的最佳明證。

3 無所不知的手推車之王

手推車戰爭發生時，花販莫瑞斯已經賣了四十三年的花。他平常很斯文低調，在戰爭發生前唯一出名的事，就是他從來不賣十二朵花。要是有客人向他買十二朵花，不管是鬱金香、水仙或是混色的金魚草，他總是免費多送一朵湊成十三朵。他說：「這樣就不會是一打啦。」

莫瑞斯總是推著一台手推車賣花，營業範圍介於第六和第七大道之間，南至第十四街，北至第二十三街，從來沒有往上超出第二十三街。倒不是說他不喜歡到更北邊做生意，而是因為二十三街以北是賣花的法蘭克的地盤。

在手推車戰爭之前，賣花的法蘭克和花販莫瑞斯交情一般般，但他們彼此尊重。麥克撞毀莫瑞斯的推車之後，法蘭克第一個跳出來捐錢幫莫瑞斯買新推車。

認識莫瑞斯的人表示很難想像他會挑起戰爭。更接近事實的說法應該是，這場紛爭醞釀已久，花販莫瑞斯只是恰巧在事情發生的那個下午站在第六大道和第十七街的交叉口，遇到了卡車司機麥克。

很長一段時間以來，紐約一直是全世界最大的城市之一，紐約人也一直以此為傲，這個城市的街道比其他任何城市更繁忙嘈雜也更擁擠。

來到紐約的訪客總是說：「這裡很好，但是真的好擠。」

聽到這話的紐約人會興高采烈的回答：「是啊，我們紐約大概是全世界最擁擠的城市了。」而且這座城市還在不斷成長。

每年都有更多的汽車、更多的計程車、更多的公車，更多的卡車——尤其是卡車。到了手推車戰爭那年夏天，紐約的卡車已經比全世界任何地方都還要多。

另外還有大約五百台手推車，不過一般人對這個數字沒什麼概念，大部分人可能以為手推車的數量不超過一百台。唯一確實知道全紐約有多少台手推車的人，應該只有麥西・漢默曼。

麥西會知道手推車的總數，是因為紐約大部分的手推車都是由他們家祖孫三代所建造。麥西有個小工作室，他在裡面建造修理手推車，這也是他父親和祖父的工作室。

全紐約每一台領有營業許可的手推車攤販證號，麥西・漢默曼幾乎都知道。如果你問：「花販莫瑞斯。」麥西會馬上回答：「X105。」這是莫瑞斯的營業證號。

而且麥西總是非常好心的提供做生意的建議。要是有個小販向他訂做一台用來販賣新鮮蔬菜的手推車，麥西會仔細考慮一番，詢問這個小販打算在哪裡做生意。

如果小販回答：「湯普金斯廣場東邊，北到第十四街，南到德蘭西街。」麥西會在腦袋裡掃過一遍他知道的小販名單，然後說：「那一帶已經有十三台賣菜的推車，或許你可以考慮賣別的東西。」

麥西的建議通常很明智，他的朋友還有向他買推車的小販稱他為「手推車之王」。除了這些朋友和手推車小販以外，大多數人根本不知道紐約有個手推車之王。

4 戰爭的前奏

毫無疑問，動亂即將來臨。凡是對戰爭有最粗淺概念的任何人都看得出來，早在麥克衡撞花販莫瑞斯的那個下午之前已有預兆。

人人都在抱怨，紐約擠滿了各式各樣的汽車計程車公車卡車，交通慢到有如牛步。起初大家互相責怪——開私家車的人責怪搭計程車的人；這些汽車車主認為要是沒有計程車，路況就會順暢許多。

計程車司機則是怪那些自己開車的人；他們主張要是不准私家車上路，就可以讓大家快速到達想去的地方。

公車司機建議計程車和私家車都不准上路；喜歡走路的人則是對所有帶輪子的交通工具都看不順眼。

不過有樣交通工具讓所有人都討厭——那就是卡車。卡車的數量實在太多了，體積又過於龐大，以至於不把任何人和車放在眼裡，為所欲為。

紐約市內絕大多數公司行號都雇用卡車運送貨物。為了讓大家了解當時紐約市的街道上有多少卡車，我們不妨翻開那一年的電話簿看看。

在分類廣告的頁面上，比方說以P字頭為例，可以看到以下的產品：

Package Handles（包裝袋提手）
Paint（顏料）
Pajama Trimmings（睡衣飾邊）
Pancake Mixes（混合鬆餅粉）
Pants（褲子）
Paper Plates（紙盤）
Parachutes（降落傘）
Park Benches（公園長椅）
Parking Meters（停車收費計）
Parquet Floors（拼花木地板）
Party Favors（派對贈品）
Paste（漿糊）
Patent Medicines（專利藥品）
Patterns（模具）
Paving Brick（鋪路磚）
Pawn Tickets（當票）
Peas（豌豆）
Peanut Butter（花生醬）
Pearls（珍珠）
Pecans（美國山核桃）
Pencils（鉛筆）
Pen Knives（筆刀）
Penicillin（盤尼西林）
Pennants（三角旗）
Pens（筆）
Pepper（胡椒粉）
Perambulators（嬰兒車）
Percales（精梳密織棉布）
Perfumes（香水）
Periodicals（期刊）
Permanent Wave Machines（燙髮機）
Pet Shop Supplies（寵物店用品）
Petroleum（石油）
Pewter（白鑞）
Pharmaceuticals（藥品）
Phonographs（留聲機）
Photographic Supplies（攝影用品）
Piano Stools（鋼琴凳）
Piccolos（短笛）
Pickle Barrels（醃菜桶）
Picnic Tables（野餐桌）
Picture Frames（相框）
Picture Post Cards（圖像明信片）
Picture Windows（觀景窗）
Pies（餡餅）
Pigskins（豬皮革）
Pile Drivers（打樁機）
Pillows（枕頭）
Pins（別針）
Pipe（管子）
Pipe Organs（管風琴）
Pistol Belts（槍帶）
Piston Rings（活塞環）
Pizza Pie Supplies（餅皮原料）
Place Cards（席位卡）
Planetariums（天象儀）
Plant Foods（蔬食）
Plaques（牌匾）
Plaster of Paris（熟石膏）
Plastics（塑膠製品）

Plate Glass（平板玻璃）
Platforms（平台）
Platinum（白金）
Playground Equipment（遊具）
Playing Cards（紙牌）
Playsuits（運動裝）
Playthings（玩物）
Pleating Machine Parts（打褶機零件）
Plexiglass（塑膠玻璃）
Pliers（鉗子）
Plows（犁）
Plugs（塞子）
Plumbago（石墨）
Plushes（長毛絨布）
Plywood（夾板）
Pocketbooks（口袋筆記本）
Podiums（立台）
Poker Chips（撲克籌碼）
Poisons（毒藥）
Poles（桿柱）
Police Badges（警徽）
Polish（磨光劑）
Polo Mallets（馬球棍）
Pompoms（彩球）
Ponchos（披風外套）
Pony Carts（小馬用拉車）
Pool Tables（桌球台）
Popcorn Machines（爆米花機）
Porch Furniture（陽台家具）
Postage Stamp Affixers（貼郵票機）
Posters（海報）
Potatoes（馬鈴薯）
Potato Peelers（馬鈴薯削皮器）
Pot Holders（隔熱墊）
Potted Plants（盆栽）
Pottery（陶器）
Poultry（禽肉）
Powder Puffs（粉撲）
Precious Stones（寶石）
Precision Castings（精密鑄造物）
Premium Goods（贈品）
Preserves（果醬蜜餞）
Pressing Machines（壓床）
Pressure Cookers（壓力鍋）
Pretzels（椒鹽脆餅）
Price Tags（價格標籤）
Printing Presses（印染機）
Propellers（螺旋槳）
Projectors（投影機）
Prunes（梅乾）
Public Address Systems（有線廣播系統）
Publications（出版品）
Pulleys（滑輪）
Pulpits（講道壇）
Pumice（浮石）
Pumps（幫浦）
Punch Bowls（雞尾酒缸）
Puppets（玩偶）
Purses（錢包）
Pushcart Parts（手推車零件）
Putty（油灰）
Puzzles（益智遊戲）

請留意：以上只是P字頭產品當中的一小部分。

讓我們想像一下，以「打樁機」為例，除了在分類廣告頁面中列出的業者，其實這一行總共有四十三家公司（塑膠製品公司更是高達七千兩百三十四家！），而這四十三家公司每一家每天平均雇用十七・五台貨運卡車，這樣算下來，應該可以讓你對手推車戰爭爆發之前的紐約市卡車數量有個概念。

雪上加霜的是，當時紐約市街道上的卡車越來越多，體積也越來越龐大。事實上，這一切都是卡車司機的謀劃。

至少紐約大學的萊曼・康柏立教授是這樣認為的。手推車戰爭結束後數年，康柏立教授在著作中提出的見解是，卡車司機一起想出了這套方法：在擁擠的交通狀況中，如果想要快速到達你要去的地方，唯一的方法就是你得夠大，大到不需要讓路給任何人。

這就是「大者為王歷史觀」的概念。

5 電影明星的遭遇

手推車戰爭爆發時，充斥紐約市的卡車究竟有多龐大，這是有歷史紀錄的。當時隨便一輛卡車都大到讓開在後面的駕駛人看不到路標，搞不清楚經過了哪些路段。知名電影明星溫妲・甘寶琳就曾經被困在一台油罐車後頭。

溫妲原本要去九十六街探望九十歲的祖母。她本人並不像拍電影時那樣豪邁的駕車狂飆，而是小心為上，生怕超車會讓油罐車爆炸。溫妲回憶這件事情的時候，提到那台車的車身到處漆著大大的紅字「危險！」。

由於溫妲不敢超車，跟在油罐車後面又看不到路標，結果她不僅錯過了九十六街，更一路開出紐約市往北走了大約八十公里，最後發現自己已經到了熊山。當然啦，到了這個時候她已經嚇壞了，根本不可能往回開，只好在哈里曼州立公園的山中小屋過夜。

搜救隊直到第二天早上六點半才找到溫妲，她整個晚上只吃了一些登山客留在小屋裡的燕麥片。

這種事情層出不窮。溫妲的遭遇之所以廣為人知，是因為她是公眾人物，有關她的大小事情總是出現在報紙頭版。其實其他市民也吃過這種悶虧。

卡車司機越來越趾高氣揚，其他駕駛人只有自動讓路的份。卡車司機總是霸占最好的停車位；要是他想買杯咖啡卻找不到停車位，便乾脆直接停在路中間，任由後面被擋住的車陣排上一、兩公里長。

車子越多，卡車司機越蠻橫。在交通繁忙的路口，卡車司機從來不肯禮讓任何人；如果有人想要搶先轉彎，卡車司機只管用力踩下油門往前衝。沒幾個汽車駕駛會想和十二噸重的卡車起衝突；就算自己是有理的那一方，也寧願多一事不如少一事。

甚至連計程車司機都開始失去信心。長久以來，計程車被認為和卡車勢均力敵，因為計程車司機多半藝高膽大，飛車技術高超。當計程車司機變得保守謹慎，許多人才開始警覺事態的嚴重。

6 花生醬演說

率先公開發難、指出危機的重要人物是阿奇・樂夫，當時他出來競選紐約市長，政見之一是減少路上的卡車數量。

乍看之下，阿奇・樂夫似乎光憑這項承諾就有希望當選，不過後來他的競選對手艾密特・卡德在聯合廣場發表了知名的「花生醬演說」，形勢瞬間扭轉。

卡德是現任市長，他極力想保住位子，在一週之內重複發表這篇「花生醬演說」至少九十次，內容大致如下：

各位朋友、各位紐約人：

紐約是美國最大的城市之一，我們以此為榮。

構成大城市的條件是什麼？自然是大規模的商業生意。

那麼大生意和小生意的差別是什麼？那就是：如果你一次訂購十四箱花生醬，那就是小生意；如果一次訂購四百箱花生醬，那就是大生意。

十四箱花生醬開一台五門休旅車就可以送貨，但是四百箱花生醬一定要出動卡車，而且得是一台大卡車。大卡車代表進步。

我的競選對手阿奇・樂夫反對卡車，也就是反對進步。搞不好他連花生醬都反對！

不用說，所有卡車司機都把票投給卡德市長，很多紐約市民也是。很少人會反對進步，更沒人想要反對花生醬。人人都希望以自己的城市為榮，因為他們向來如此。就這樣，阿奇・樂夫落選了，而卡車則持續坐大。

隨著卡車體積增加，交通狀況一如阿奇・樂夫所預測的越來越糟，到了手推車戰爭爆發之前的春天，紐約市大多數時間處在動彈不得的塞車狀態，有一台計程車花了四個小時才開了五個路口。

這台計程車上的乘客正是萊曼・康柏立教授。他沒有抱怨塞車，因為他正在構思研究「大者為王歷史觀」，以科學觀點來看整個情況，覺得非常有意思。在這趟路程中，康柏立教授和困在隔壁計程車上的人聊起天來；這個已經失去耐心的年輕人來自西雅圖，他非常驚訝紐約人默默承受如此可怕的路況，毫無怨言。康柏立教授記得這個年輕的外地人對於應該如何處置卡車，提出了明確的見解。事實上，這個年輕人受到康柏立教授的啟發，在飛回西雅圖之後寫了一本書。

這本《街上的大敵》對卡車提出了英勇的抨擊。由於出版當時作者沒沒無聞，所以未受矚目。如今這本書之所以廣為人知，主要是因為作者當上美國總統。

7 觸發戰爭的一句話

把事態推向最後關頭的是一個電視節目，叫作《交通癱瘓的那一天》。就在節目播出前一天，紐約市交通完全癱瘓，電視台火速召集了一組專家來探討原因。

這個小組的成員包括：

羅伯特・亞歷山大・萊森——紐約市交通局局長

亞歷山大・沃森——交通協調調度專門公司「沃森企業」總經理

沃夫・亞歷山大博士——交通心理學家

溫妲・甘寶琳——知名影星

溫妲・甘寶琳算不上是交通專家，但由於其他三位成員都是上了年紀的男性（一個又矮又胖、一個禿頭，還有一個近視），節目主持人認為邀請溫妲加入討論，可以讓觀眾覺得賞心悅目些。

主持人在介紹溫妲的時候說：「我們都知道，溫妲・甘寶琳小姐的最新電影《紐約街頭》選在紐約實地拍攝。今晚我們討論的主題是紐約的交通路況，邀請溫妲小姐參與是非常恰當的。」

溫妲很巧妙的讓三位專家主導發言，他們三人各有一套不同的理論來解釋交通癱瘓的原因。

羅伯特・亞歷山大・萊森表示沒有必要過度緊張，這整件事的起因很單純，他稱之為「移動物體之密度」。

亞歷山大・沃森並不同意這種說法，他認為問題就出在「不移動物體之數量的可預測增長」。

沃夫・亞歷山大博士則主張物體移動或不移動並不重要，要解決這件事的方法很簡單，也就是「讓駕駛人對絕望的情境形成更徹底的制約」。

當三位專家開始互相爭執起來，主持人問道：「溫妲小姐，你認為呢？」

溫妲・甘寶琳回答：「我不知道他們在說什麼。」

自己也不是很有把握的主持人說：「呃，我想今天晚上我們討論的主題是交通。」

「喔，」溫妲說，「我認為卡車太多而且太大了。」

由於大多數收看這個節目的觀眾是為了看溫妲而不是那些專家，也由於溫妲的這句發言確實讓每個觀眾都聽懂了，因此這句話所獲得的回響超出整個節目中其他任何一句話。節目還沒播完就有五千多名觀眾打電話到電視台，表示贊同溫妲・甘寶琳的看法。萊曼・康柏立教授曾經提到，要不是溫妲發表了這句無心的評論，手推車戰爭可能根本不會發生。康柏立教授認為取而代之的情況是：卡車將會就此掌控整個紐約市，把計程車、公車和汽車統統趕出去，到最後連所有路人也都被趕出去，沒有人敢站出來和卡車對抗，直到大勢已去。

倘若真是如此，康柏立教授相信，我們所熟知的紐約生活將畫下句點。但是溫妲・甘寶琳公開說出了眾人所面臨的危機，戰爭已不可避免。

8 卡車三巨頭祕密會議

卡車司機本身最先領悟到溫妲的發言引起廣大回響所代表的意義。節目播出隔天，紐約市所有卡車公司的員工代表召開了一場祕密會議。

會議由「卡車三巨頭」發起，也就是紐約最大的三家卡車貨運公司老闆，分別是猛獁象搬運公司的莫・猛獁（他手下的司機都叫他「大莫」）、威虎卡車公司的華特・司威特（他喜歡人家叫他「威虎」），以及躍馬公司的路易・利佛昆。

關於手推車戰爭的謀劃以及卡車司機在整個戰爭期間的策略，多半出自三巨頭的構想。通常是由大莫代表三巨頭發言，主持這場祕密會議的也是他。

會議地點是猛獁象搬運公司的地下停車場，一開始，一個名叫喬伊・卡夫利斯的年輕卡車司機起立發言：「民眾說得對。交通糟透了！卡車確實太多了。」

會議結束兩天後，原本受雇於威虎卡車公司的喬伊就被開除了。所幸喬伊有寫日記的習慣，在塞車時可以打發時間。我們就是從他的日記取得第一手資料，得知第一次祕密會議的實況，以及之後幾天發生的事。

以下摘錄喬伊・卡夫利斯的日記，日期是祕密會議隔天：

二月十五日，上午十一點十五分，第九大道六十六街交叉口，正在前往第九大道八十六街運送二十幾部管風琴

看來還要堵很久，乾脆再來寫一些昨天晚上會議的事。在我說出「交通糟透了！」這句話以後，現場一片沉默。每個人都一臉驚訝的看著我，有些人臉色很難看。

接著會議主持人大莫站起來大聲咆哮。我所說的「咆哮」是指他那種特殊的清喉嚨聲音，就像半踩油門測試引擎，看看車子是不是已經熱好。

大莫說：「現在的交通狀況或許不是很好。」有那麼一瞬間，我以為他要同意我的話，但是接下來他瞪著我，用已經充分暖好機的聲音說：「我說呢，卡夫利斯先生，問題在於應該要怪誰。為什麼偏偏要針對可憐的卡車？」

聽到大莫說「可憐的卡車」，我忍不住大笑。不過沒人聽到我的笑聲，因為大家正在為他歡呼喝采……

中午十二點十五分，第九大道六十九街

我原本以為午餐前應該可以順利開到八十六街，但是現在前面還在堵車，所以我就繼續往下寫。

大莫說了「可憐的卡車」之後，有個叫作利多・米堤的卡車司機站起來說：「我同意大莫的看法。為什麼要怪可憐的卡車？要我來說的話，都是那些手推車在擋路。」

這個利多・米堤不太討人喜歡，大家都知道他是一個很強勢的司機，不管遇到計程車還是卡車，他都會毫不猶豫的把對方擠出去。但是這一次他獲得了掌聲，接著有大約十個卡車司機紛紛抱怨手推車有多慢，又老愛在路邊占據卡車司機想要停車的位置。他們說像紐約這樣現代化的都市，根本不該允許手推車占據街頭的空間。

我又忍不住笑了出來，這一次所有人都聽到我的笑聲，所以我開口解釋：「拜託，幾台手推車能占多少空間？」

我個人並不介意手推車的存在。

當我像今天這樣卡在車陣裡的時候（其實差不多每天都是這樣），會有手推車推過來賣臘腸捲，讓我有點事可做。最棒的臘腸捲在湯普森街附近，我現在所在的六十九街賣的臘腸捲就不怎麼樣。

前面好像有動靜了，所以就暫時寫到這裡。

下午四點零五分，第九大道七十五街

前面有一台聯結車倒車開上了七十六街的人行道路緣，龐大的半個車身突出擋在路中間。我前面的計程車司機說他們正在卸下一批燙髮機，後面的車至少有半個小時別想動了。我看我還是趁著記憶猶新，趕快寫完祕密會議的事。

剛才寫到我站出來幫手推車說話。我說：「拜託，幾台手推車能占多少空間？」這句話我是對著一個叫麥克的司機說的。「沿著路邊排上二十幾台手推車，也才不過是半台巨象占用的空間。」我這樣舉例，是因為麥克開的就是一台巨象。「或者等於一輛十噸的威虎。」我也用自己開的車舉例。聽到我說出威虎，大莫看向我的老闆。我的老闆是華特・司威特，他就坐在大莫的旁邊。

大莫問司威特先生：「這小子是威虎的司機？」——真是個蠢問題，我剛才說的話不就表示我開的是十噸的威虎？而我的老闆不得不承認我是他的員工。

如果說我的這番話讓老闆很尷尬，那還真是抱歉。華特・司威特先生大部分時候人都很好。

接著，大莫問我：「你還有什麼要說的嗎，卡夫利斯先生？」他的語調很顯然是在警告我：他有辦法讓我丟飯碗。

不過我並不怕他。很久以前我就想過，有太多理由會讓人丟了工作，要是這也擔心那也擔心，就什麼話都不敢說了。對於像我這樣有很多話要說的人而言，這是很難受的一件事。

但我還是閉上了嘴巴，純粹只是因為那個時候我沒別的話要說了。幹嘛要為手推車吵架呢？

接下來發言的是路易・利佛昆，在下東區跑的那些躍馬都是他的，那一區的生意幾乎都被他包攬了。

路易・利佛昆看起來並不和善，但是聲音很柔和。

我注意到三巨頭每個人說話的方式都不一樣：

大莫是個大嗓門，我妹曾經形容「就像卡車司機一樣」。我感覺這句評語帶著貶意，不過很多人確實是這樣看待卡車司機。

威虎的嗓音很低沉。至於路易・利佛昆呢，如同我剛才提到的，聲音很柔和。

在三巨頭當中要說我會怕誰的話，那就是路易・利佛昆了。這是因為他的聲音柔和潤滑得就像高級機油，不管是在說好消息還是壞消息都一樣。如果有人用悅耳的語調宣布壞消息，我會非常緊張；反倒是大吼大叫感覺還好些。

總之呢，路易‧利佛昆用柔和的聲音開始對大群卡車司機說話：「我們家的小弟說，手推車正在毀滅這個城市。」

他繼續說：「相信我，我很高興大家這樣坦白面對問題。大莫和司威特還有我現在已經不親自開車送貨了，必須靠手下的弟兄回報情況。現在既然我們知道了情況，該做什麼就非常清楚了。」

路易說我們該做的就是教育大眾，他說：「當民眾抱怨交通，我們得告訴他們應該怪誰，否則他們就會怪罪卡車。」

光是聽他講話的語調和那些卡車司機尊敬聆聽的態度，簡直讓人以為正在教堂裡聽牧師布道。

路易繼續說：「我知道各位弟兄正面臨的困難。我在東城做生意，大部分手推車也在那裡做生意。我很清楚那些人，他們跟不上時代，對我們所有人來說是一大禍害，所以他們越早消失越好。」

說到這兒，路易獲得一陣掌聲，但是他還沒說完。

「我再告訴大家一件事，不是什麼讓我引以為傲的事。我自己有個當手推車小販的爸爸，要不是我鼓起勇氣跳出來奮力一搏，不讓任何人阻礙我，很可能今天我也推著手推車到處叫賣。但我沒有成為手推車小販，卻打造了躍馬公司。一年當中不論晴雨，每天都有一百輛躍馬在路上跑，這才是讓我引以為傲的事！」

所有人再次鼓起掌來，不過我沒有加入。我同意擁有一百輛卡車是值得驕傲的成就，但是我不懂怎麼會有人像路易那樣批評自己的爸爸。他爸爸的日子可沒那麼好過，不論晴雨都得推著車上街叫賣，而路易呢，下雨天只要派出手下的一百個司機就好。

路易繼續往下說：「我想各位弟兄很清楚躍馬公司一直在進行『紐約市街整體改造方案』，這項計畫將會大幅改善卡車司機的處境。大莫、司威特和我討論過這項計畫，到目前為止進行得很順利。但是在實施這項方案之前，我們得先解決手推車的問題。」

我以前從未聽過路易•利佛昆的這個整體改造方案，但是我周圍的司機紛紛點頭表示贊同。

我問了身旁幾個小夥子，他們說這個計畫大概就是平常在講的那些東西，什麼要想辦法讓卡車司機在路上開得更順暢啊、賺更多錢之類的。

我不知道這個整體改造方案要幹嘛，但是就我看來，這場會議的主旨是——卡車三巨頭對手推車宣戰。

好啦，我得停筆了，前面的計程車司機跟我打手勢，說聯結車已經把那些燙髮機卸下來了。但現在已經五點半了，所以我得把管風琴載回倉庫，明天再想辦法送到八十六街*。說真的，交通實在是糟透了。

*喬伊・卡夫利斯始終沒有送出他在二月十五日當天運送的那批管風琴，因為隔天他就被開除了。日記後半部的主題全都是他被開除後不久，在長島東部買下的那片馬鈴薯農場。

9 打壓手推車的密謀

手推車戰爭大致分成兩大階段，第一階段稱為「街道戰時期」。根據卡夫利斯的日記，我們知道卡車三巨頭早在祕密會議時便已向手推車宣戰，但是當時這個計畫祕而不宣，使得卡車一開始占盡優勢。

超過一個多月的時間，手推車小販並不知道卡車司機已經開戰。他們只知道卡車司機越來越常推撞那些擋他們路的手推車，而且撞得越來越用力。

短短一週內就有上百台手推車送到麥西・漢默曼那兒修理——有的是橫木斷掉、輪輻斷裂，有的是把手壞了、車軸彎了，許多手推車得整個拆掉重造，麥西根本忙不過來。牽扯到手推車的嚴重事故也增加了，好幾個小販撞斷了腿或肋骨，必須送醫治療。

起初手推車小販以為這些事故只不過是已經很糟的交通狀況急遽惡化的結果，後來他們開始聽到站在街角的人散播奇怪的言論——只要有人抱怨交通，附近總會有人接口說：「我聽說這都要怪手推車。」

人們總愛說**我聽說**，但是沒人能肯定到底是在哪兒聽到的。

很大一部分謠言可能來自某家週報的讀者。這份《下東區見聞》週報是羅馬公司發行的回饋社區的報紙，分發給各家商店讓顧客免費取閱，同時也寄送給市議員和其他重要人士。

《下東區見聞》有個固定專欄，由署名為「社區記者」的人執筆。在手推車戰爭爆發前夕，該專欄接連發表了許多篇關於「手推車的隱憂」的文章，一再強調「民眾」想要把手推車趕出街道，好讓市容更美觀安全，還提到「民眾」普遍認為手推車「既不牢固又不衛生」。

這個社區記者總是在告訴眾人「民眾」想要什麼。在他開始寫「手推車的隱憂」系列之前，還寫過關於路樹的報導，宣稱「民眾」想要移除行道樹，好讓市區街道更寬敞也更美觀。他說這些樹很不衛生，因為樹葉老是會飄落在人行道上。

這個社區記者說民眾認為街道應該要更寬敞美觀，就算需要除去人行道和一些房屋、學校、教堂或是小糖果店，也不算什麼。反正這些建築多半「既不牢固又不衛生」。

在手推車戰爭爆發前的春天，這個社區記者報導的主力放在手推車上。在他筆下，手推車似乎比行道樹和房屋、學校、教堂、小糖果店都更不牢固也更不衛生。

《下東區見聞》到底有多少讀者不得而知，有些雜貨店老闆說這份報紙根本沒什麼人要拿，因為大部分民眾並不介意人行道飄落幾片樹葉。但是顯然有不少人讀了這個社區記者的專欄，因為有家規模較大的日報也跟進，刊出了一個專題系列報導：〈手推車是紐約市的隱憂嗎？〉。

在這個系列報導中，記者訪問了莫・猛猽。就在訪問前一天，一台「象媽媽」在C大道撞翻了三台賣菜的手推車。

大莫說：「那台象媽媽真是可憐。番茄滿地滾來滾去，二十個手推車小販對著一個卡車司機大吼大叫，還把爛掉的番茄撿起來朝他丟。根本是欺人太甚。」

記者問：「你的意思是：手推車確實是個隱憂囉？」

大莫說：「事實自己會說話。躍馬公司為了服務大眾，每天派出一百台卡車在路上跑，躍馬老闆路易・利佛昆先生計算了上個月和手推車相關的事故總數。他告訴我，光是在上個月，就比前一個月多了一百四十一起手推車事故。」

大莫又說：「我自己手下的司機奉命回報他們目睹的每一起手推車事故，他們說一天會被手推車耽擱上好幾回。」

記者問：「你認為這些事故阻礙了交通？」

大莫說：「我的司機是這樣說的。當然啦，我們都知道手推車的設計不符合現代的交通狀況。」

讀到最後這一句，麥西．漢默曼氣到把手上的鎚子丟出工作室窗外。「設計不符合！」他對著賣花的法蘭克怒吼，法蘭克剛好到工作室來上緊推車的幾個螺栓。

麥西瞪著破窗戶抱怨：「竟然說手推車的設計不好？手推車的設計**完美**得很！」

「你看看，」麥西拍著法蘭克手推車的側邊說：「這個設計多麼簡潔。這樣才不會在擁擠的街道占用太多空間。」

賣花的法蘭克說：「我可沒抱怨。」

「**設計！**」麥西發出咆哮，他的脾氣向來很好，這次是真的受到莫大侮辱。

麥西繼續說道：「莫．猛獁才讓我想要動手好好設計一番咧。我可以保證，等我設計完，他會比現在小很多。」

麥西不是唯一一個被大莫的評論給激怒的人。所有手推車小販都義憤填膺。

「因為手推車出現在事故中，就代表事故是我們造成的嗎？」提出這個問題的是艾迪．摩洛尼，他的推車不僅設計良好，車身還用漂亮的字體寫著**煤&冰——送貨到府**（艾迪．摩洛尼獨立開業之前，曾經為馬戲團的貨車和海報寫廣告文宣）。

艾迪質問：「什麼時候有人看過手推車撞卡車了？」

賣花的法蘭克說：「要是真有這種事，我可開心了。」

安娜婆婆說：「我不能接受『不衛生』這種說法。」安娜婆婆在醫院和博物館門口販賣品質一級棒的蘋果和梨子，她質疑道：「說什麼**不衛生**？我的推車乾淨得像剛洗好的茶杯，可以直接拿起來喝水。我在醫院前面做生意，怎麼可能不衛生？他們說『不衛生』到底是什麼意思？」

賣花的法蘭克說：「說不定是指塑膠袋。超市的蘋果和梨子都包在塑膠袋裡。」

安娜婆婆說：「塑膠袋！這樣你就沒辦法仔細檢查要買的水果，所以他們才要包在塑膠袋裡。」

賣花的法蘭克說：「但是有些人覺得這樣比較衛生。」

安娜婆婆說：「衛生！誰知道把水果放進塑膠袋裡的那個人有沒有洗手？我的每個客人都親眼看到我的手有多乾淨。店裡賣的蘋果是在裡面的房間裝袋，誰看得到呢？」

安娜婆婆又說：「還有，裝在塑膠袋裡的蘋果兩磅賣二十九分錢。我用紙袋裝，三磅只賣二十九分錢。你問我什麼是隱憂，我告訴你，是**塑膠袋**！」

10 手推車的逆襲

現在回頭看手推車戰爭的過程，要不是因為麥克對花販莫瑞斯的野蠻襲擊，卡車說不定能在意外事故的掩飾下，神不知鬼不覺的擊潰手推車。但是在麥克撞翻莫瑞斯的隔天，手推車小販在麥西·漢默曼的工作室開會；就是在這場會議中，手推車小販決定要合力反擊。

召開這次會議的主要目的是募款集資，幫花販莫瑞斯買一台新推車。全紐約市所有手推車小販都來了。

現場可以看到從事各種生意的小販：熱狗和德國酸菜、烤栗子、二手衣、冰塊和煤炭、冰棒和雪糕、蔬菜水果、二手紙箱、鞋帶和梳子、椒鹽脆餅、跳舞娃娃、尼龍絲襪……這還只是其中一小部分。後來在手推車戰爭中聲名大噪的那些小販，大都出席了這次會議。

安娜婆婆在場（蘋果和梨子）。耶路撒冷先生也在（各種廢棄舊貨買賣）。熱狗哈利在場（哈利熱狗和自製德國酸菜）。卡洛斯在場（紙箱攤平清運）。艾迪・摩洛尼在場（煤&冰——送貨到府，用三種顏色的字寫成）。培瑞茲老爹在場（椒鹽脆餅——六個二十五分錢）。

當然了，賣花的法蘭克也在場，他是第一個開口說話的人。募款幫莫瑞斯買新推車就是法蘭克的主意。

賣花的法蘭克說：「我的朋友莫瑞斯經歷了非常悲慘的遭遇，大家可以從他頭上纏繞的繃帶看出來。更慘的是，他的推車被撞爛了。」

麥西・漢默曼說：「沒錯。即使給我一百年，我也沒辦法把那輛爛車拼回去。」

賣花的法蘭克說：「我要提醒大家：今天他們害莫瑞斯沒辦法做生意，明天受害的可能就是你我。我認為我們每個人都應該捐出十分錢——十五分更好——讓莫瑞斯買輛新推車。如果這事是發生在我們身上，莫瑞斯一樣會捐錢。」

莫瑞斯說：「相信我，我會的。但是我祈禱你們不會遇到這種倒楣事。」

耶路撒冷先生（各種廢棄舊貨買賣）馬上站起來說：「這十分或是十五分錢我們很樂意出，沒問題。我想知道的是，為什麼他們要打擊我們？為什麼突然間發生那麼多『意外事故』？」

「**意外！**」安娜婆婆說：「賣花的莫瑞斯遇到的是意外嗎？根本是故意的意外。」

耶路撒冷先生表示同意：「好吧，是故意的。但是為什麼？」

培瑞茲老爹（椒鹽脆餅——六個二十五分錢）說：「他們卡車到處跟人說我們擋路。我在十四街聽到，在二十三街聽到，甚至在德蘭西街也聽到。每個地方都有人在說手推車擋路。」

安娜婆婆說：「**擋路！**我擋了誰的路？我安安分分的做生意，沒占多少空間。四十五年來我在醫院、博物館還有最熱鬧的辦公大樓前面賣蘋果，客人會關心我的健康，還有我的家人。這還是頭一遭聽說我擋路。是擋了**誰的路**？」

麥西・漢默曼站了起來：「我來解釋給大家聽。」自從他把鎚子丟出工作室窗戶之後，花了不少時間認真思考。

麥西說：「交通狀況越來越糟，民眾開始對卡車不滿。他們早該發火的，但是大家都很害怕——誰會想要和卡車起衝突？」

麥西繼續說：「但是到了某個關口，人們還是忍不住要抱怨。卡車不想成為交通阻塞的罪魁禍首，所以他們得找其他人來墊背。但是要找誰？計程車嗎？不行，計程車太多了。汽車嗎？不行，汽車太多了。卡車不想挑戰汽車和計程車，這樣會讓更多人討厭

他們，而且是很多很多人。但是手推車呢——全紐約市有多少手推車？」

「有好幾百台手推車。」答話的是熱狗哈利（哈利熱狗和自製德國酸菜）。

麥西・漢默曼說：「正確數字是五百零九台。比大部分人想的要多，因為手推車只在固定範圍活動，不會全紐約市到處跑，讓交通更糟。在街上隨便攔個人問他今天看過幾台手推車，他會回答：『三、四台吧！』事實上，全紐約市有五百零九台取得營業執照的手推車。」

麥西又說：「不過呢，和汽車、計程車比起來，五百零九根本是小巫見大巫。」

培瑞茲老爹說：「我不懂，就算他們把我們趕盡殺絕，交通還是很糟啊。」

麥西說：「到那個時候，他們會再找其他人來怪罪——或許是摩托車，或是太太小姐們推著上超市的購物車。那時大家才會發現這有多蠢。」

安娜婆婆說：「可在那之前，我們已經全死光了。」

麥西說：「沒錯。我們會全部死光。除非——」麥西拿起鎚子，一副打算用力鎚下去的模樣。

「除非怎樣？」賣花的法蘭克連忙抓住麥西的手臂，以免他又把鎚子扔出窗外。

「除非我們反擊。」麥西說著抽出手臂，舉起鎚子重重敲在面前的桌上。「我是說我們手推車必須挺身作戰！」

安娜婆婆說：「我們當然要作戰。」

培瑞茲老爹滿腹狐疑：「和卡車作戰嗎？手推車要怎麼和卡車打？」

安娜婆婆說：「不然你寧願等死嗎？」

熱狗哈利說：「這還用說，我們當然不想死。但是我們要怎麼對抗卡車？」

安娜婆婆說：「聽我說，哈利。首先，你得決定要作戰，然後再來問要如何作戰。」

「好吧。」熱狗哈利說：「要作戰！現在可以問了吧——怎麼作戰？」

「對啊，安娜將軍，我們洗耳恭聽。」艾迪・摩洛尼說完還對安娜婆婆鞠了個躬（安娜婆婆就是這樣得到了「安娜將軍」的名號。這個頭銜感覺滿適合她）。

後來他們舉行了投票，所有手推車小販都支持安娜將軍的看法，他們領悟到大夥兒必須團結一致，共同作戰。

「但是要怎麼作戰？」熱狗哈利再次發問：「難不成要我在熱狗裡下毒，賣給所有卡車司機？」

安娜將軍搖搖頭說：「如果你要對卡車司機下毒，我是沒意見啦。只不過萬一你把有毒和沒毒的熱狗搞混了，可能會害到忠實顧客。」

培瑞茲老爹說：「我們需要祕密武器。像是一顆大炸彈。」

安娜將軍說：「身上帶炸彈可是會被警察抓起來的。」

出乎眾人意料之外的，提出最佳構想的人竟然是卡洛斯（**紙箱攤平清運**）。卡洛斯以前從來不曾在會議中發言。

11 祕密武器

手推車小販都知道，卡洛斯是紐約下東區攤平紙箱技巧最高超的小販。他平常會到各家商店收取廢棄的乾淨紙箱，三兩下就輕鬆熟練的把紙箱攤平，小心疊上手推車。在從事這一行的小販當中，只有卡洛斯能把攤平的紙箱疊到三、四公尺高而不會滑落。

等到集滿一車，卡洛斯會把紙箱送到需要紙箱的其他小店。這門生意很實際，因為卡洛斯不用花錢進貨就有東西可以販賣，而且店家還很開心他幫忙收走了紙箱。唯一的開銷就是那台運紙箱的手推車。

卡洛斯不常開口的一個原因是他只會說西班牙語——除了告訴客人一車紙箱多少錢的時候會講點英語。他聽得懂簡單的英語對話，但是回答複雜問題都是用西班牙語。

在麥西・漢默曼工作室舉行的這場會議中，卡洛斯要提出的意見太複雜了，沒辦法用英文解釋，所以是由麥西・漢默曼協助解說。麥西會講西班牙語和其他十二種語言。身為手推車之王，這是必備的技能。

麥西為卡洛斯翻譯：「卡洛斯想說的是，問題是要讓大家看到**是誰**在阻礙交通。」

「那是當然的。」熱狗哈利問：「但是要怎麼做？」

麥西說：「卡洛斯提到一種很厲害的豌豆槍，是他的小兒子做的。卡洛斯說，這種槍射出去的不是一般的豌豆，而是插著針的豌豆。」

「小孩子！」培瑞茲老爹說：「你每一分鐘都得看著他們。像是我孫子——」

麥西說：「等一下，培瑞茲老爹，我們快要說到重點了。重點是卡洛斯跟他兒子說，絕對不可以用這種豌豆槍射人。」

培瑞茲老爹說：「這就是我要說的。」

「別急。」麥西繼續說：「卡洛斯的小兒子反問：『那這個槍可以拿來做什麼？』卡洛斯不知道該怎麼回答。他很懊惱，因為這把槍做得非常棒，卻毫無用武之地，真是太可惜了。」

麥西說：「忽然間，當卡洛斯聽到培瑞茲老爹說我們需要祕密武器，他知道這把槍可以拿來幹什麼了。」

「拿來射卡車司機嗎？」熱狗哈利問。

卡洛斯搖頭。

「不對。」麥西解釋：「卡洛斯的信念是，卡車司機也是人。他告訴小兒子絕對不可以射人，他自己可不想做壞榜樣。」

賣花的法蘭克問：「那這個豌豆槍有什麼用？」

卡洛斯用西班牙語興致勃勃的對麥西解釋。

「啊哈！」麥西說：「卡洛斯說，我們當然不能射卡車司機。我們要射的是輪胎。我們可以毀掉那些卡車的輪胎。」

「**砰！**」卡洛斯瞄準想像中的卡車輪胎。「砰！砰！」他學兒子模仿槍聲。

「*goma vacia!*」卡洛斯說。

麥西解釋：「那是西班牙語『爆胎』的意思。」

卡洛斯點點頭，呼出一口氣癱倒在地板上，像個洩氣的輪胎。

花販莫瑞斯脫下帽子說：「這個點子太棒了！能想出這麼棒的點子，卡洛斯簡直可以當美國總統了。」

「總統！」培瑞茲老爹說：「總統哪會說西班牙語？」

熱狗哈利說：「別管什麼總統了。這是個好點子。」

「豈止是**好**？」安娜將軍說：「根本是太妙了！現在我懂了。好，我們毀掉卡車輪胎，突然間街上到處都是死掉的大卡車，這些大卡車沒辦法移動，擋住所有人的路。人們左看右看，每個街區都有六台、七台、八台死掉的卡車。大家會親眼看到究竟是誰在阻礙交通。」

耶路撒冷先生說：「這樣做實在不怎麼善良。」

「不善良！」花販莫瑞斯啐了一聲：「比起把人家的推車撞到稀巴爛，這算是非常**善良**了。」

艾迪・摩洛尼說：「不管有多善良，都不該讓卡車司機看到我們的行動。可能會引發爭議。」

培瑞茲老爹說：「那還用說。我們應該發動突襲，把豌豆槍藏在口袋裡，等到卡車司機不注意時，很快的——**咻！**然後我們就轉頭看另一邊。」

安娜將軍說：「就是這樣。看起來就像是意外爆胎。」

熱狗哈利說：「然後街上會忽然多出很多意外。」

「對。」麥西・漢默曼邊說邊在一張紙上計算：「如果有五百零九台手推車，每一個有推車的兄弟——」

「和姊妹。」安娜將軍說。

「和姊妹。」麥西從善如流的表示同意：「每個手推車小販每天只要毀掉六個輪胎，就可以造成相當多的意外。」

賣花的法蘭克說：「我全力支持。但是我們要怎麼弄到五百零九管豌豆槍？」

麥西說：「在我的工作室裡做。卡洛斯的兒子會教我們怎麼做。」

培瑞茲老爹說：「豌豆也能做嗎？」

「豌豆可以用種的。」艾迪・摩洛尼說：「我在窗台花盆種了洋蔥和豆子，已經長到可以吃了。」

安娜將軍說：「那很好啊，艾迪・摩洛尼。但是我可不要花時間等豌豆在你的窗台花盆長大，更別提還有乾燥的時間。我們必須立刻出擊。」

熱狗哈利說：「豌豆可以用買的。」

麥西說：「對。明天早上我會去訂一噸的豌豆。」

安娜將軍說：「還有一噸的針。」

「一噸！」耶路撒冷先生驚呼：「這麼多針要多少錢啊？就算是論噸賣的廉價廢五金，加起來總數還是很可觀。我是做廢五金生意的，我再清楚不過了。一噸高級全新的針——誰買得起啊？而且還要一噸豌豆，也是一大筆花費。」

麥西同意：「我們需要買針的錢。我會弄到這筆錢的。」

培瑞茲老爹問：「從哪裡弄？」

麥西說：「我認識一位女士。她付得起買一些針的錢。」

「**一些**！」耶路撒冷先生說，「一噸算是一些嗎？」

安娜將軍問：「這位女士是誰？」

麥西說：「她叫溫妲・甘寶琳。」

「演電影那個？」熱狗哈利問：「你要跟她要錢？」

「為什麼不？」麥西說：「幹我這行的認識很多人。不然怎麼當手推車之王？」

耶路撒冷先生說：「你確定這位女士會給你買針的錢？」

「我很確定。」麥西・漢默曼把鎚子拋向空中。「我親耳聽到，」他邊說邊接住鎚子，「她說卡車太多了。」

麥西對溫妲・甘寶琳的看法是對的。她是認真的，而且她非常樂意買下一噸的針和一噸的豌豆。不僅如此，溫妲還給了麥西五百張簽名照，讓小販拿去貼在他們的推車上。大部分人都拿了，連不看她的電影的安娜將軍也拿了一張。

安娜將軍說：「電影演得如何無所謂，我只是要謝謝她的針。」

12 豌豆槍作戰：第一階段

手推車小販花了一週時間準備發動攻擊。麥西・漢默曼的工作室二十四小時開放，小販們二十個人組成一隊，輪班把針插在豌豆上。

卡洛斯親手製作了全部五百零九管槍。他答應了一家商店老闆免費幫忙清運紙箱十年，才換來一大捲黃色塑膠管，然後把管子剪下來製作豌豆槍。

最後，一切準備就緒，預定在三月二十三日早上發動攻擊。前一晚所有小販都到麥西・漢默曼的工作室報到，每人領到一管槍和二十四發豌豆子彈。

安娜將軍扼要報告了作戰計畫。所有人各自前往平常做生意的地點，等到早上十點交通流量變多時，開始瞄準進入射程的任何卡車、射擊輪胎。

賣花的法蘭克原本建議由溫妲・甘寶琳在帝國大廈前面發射第一槍，但是安娜將軍認為這樣太引人注目了。

安娜將軍說：「有電影明星的地方就有人聚集。我們可不希望卡車司機馬上發現射中他們的是什麼東西。」

所以豌豆槍作戰就這樣平淡無奇的拉開序幕。三月二十三日早上十點零五分到十點十分之間，紐約各地有九十七名卡車司機發現自己的車爆胎了，但是沒有任何一個司機知道自己是被什麼東西攻擊。

根據「業餘武器愛好者協會」的說法，當天早上第一輪發射的大約五百發豌豆針當中，命中九十七發算是成功率很高了，尤其是考量到許多小販以前從沒用過豌豆槍，而且還有少數人——例如耶路撒冷先生——對這整個作戰計畫抱持強烈疑慮。

耶路撒冷先生對於發動攻擊興趣缺缺。雖然他和其他小販一樣投票支持對抗卡車，但是任何形式的戰鬥對他來說都是違背本性的事，所以豌豆槍作戰第一天早上，耶路撒冷先生的表現特別值得關注。

手推車戰爭爆發時，耶路撒冷先生年紀已經很大了。沒人知道他到底幾歲。其他手推車小販非常尊敬他，因為他的推車不僅是他的生財工具，也是他的家。

耶路撒冷先生和其他小販不一樣，他沒有可以回去睡覺的房間，或是煮飯來吃的地方。但是他有一個小煎鍋、一個杯子和一個錫盤，整整齊齊的掛在推車底下。他的推車一角嵌了個炭爐，想吃熱食的時候隨時可以烹煮。

耶路撒冷先生最愛開玩笑說：「有些人會在特殊節慶到外面吃大餐，不像我天天在外面吃。」一點也沒錯，經常有人看到耶路撒冷先生坐在人行道路緣，端著盤子吃自己煮的豆子或大頭菜。

到了夜晚，耶路撒冷先生會放下推車兩側的帆布，讓推車底下變成一個像是帳篷的空間。然後他會把推車停在樹下或一塊空地上，爬進推車底下，蓋上棉被睡覺。夏天他常常連帆布都懶得放，乾脆直接睡在推車旁邊看星星和月亮。早上他通常是第一個出現在街道上的小販。

這種怡然自得的生活方式持續了五、六十年。耶路撒冷先生從來不曾惹事生非，他的座右銘是：「我過我想過的生活。人不犯我，我不犯人。」

長久以來平靜度日的耶路撒冷先生並不高興發動豌豆槍作戰。說真的，如果卡車繼續攻擊手推車，他損失的東西可能比其他小販更多——受到威脅的不僅是他的生意，而且是整個家。儘管如此，造成其他人的困擾依舊違背了他最深的信念。

「這世界上的麻煩還不夠多嗎？」和其他小販一起工作、把針插進豌豆時，他曾經這樣問自己，「為什麼我要製造更多的麻煩呢？」

三月二十三日早上沿著德蘭西街出發的時候，耶路撒冷先生還在繼續追問自己這個問題。他和其他小販一樣全副武裝，只不過街上的行人沒人看得出來。

看到耶路撒冷先生的人，大概會把他外套口袋突出的那根黃色塑膠管當成一枝黃色鉛筆，更不會有人注意到耶路撒冷先生別在外衣一邊袖子上的那二十四顆豌豆，每顆豆子中央都小心翼翼的穿過一根針。

就算有人注意到了，也會以為耶路撒冷先生在衣服上別了二十四個小袖扣。不管怎麼說，耶路撒冷先生的服裝向來與眾不同；他四處撿拾舊衣，而且自有一套穿衣風格。

「滿袖子的子彈！誰會相信呢？」耶路撒冷先生對自己喃喃抱怨。三月二十三日的這個早上，他正要出發去收取一台他說好要買下的二手爆米花機。

「像我這把年紀的老人竟然要參加戰爭！連我自己都不敢相信。」耶路撒冷先生悲傷的搖搖頭。

「在街上作戰！」他繼續說：「一個愛好和平八十年的人，現在卻全副武裝的走在德蘭西街上。一個根本不喜歡戰爭的人。」

耶路撒冷先生又說：「當然啦，我不喜歡戰爭。問題不只是這樣——難道用豌豆槍去對抗十噸重的卡車不會太瘋狂了嗎？我不認為會成功。但是我們還能怎麼辦？」他嘆了一口氣。

耶路撒冷先生想不出其他任何辦法。他對自己說：「那就作戰吧。」然後又補上一句：「如果不得不如此的話。」

話雖如此，在十點鐘展開攻擊的時刻，當耶路撒冷先生發現自己的推車附近三十公尺內沒有卡車停靠，還是鬆了一口氣。他不認為自己能夠射中正在行駛的卡車輪胎。

耶路撒冷先生問自己：「安娜將軍會希望我浪費子彈嗎？麥西・漢默曼呢？或是非常好心買下一噸針的溫妲・甘寶琳小姐？更別提還有豌豆呢。」

抵達預定要收取爆米花機的糖果店時，耶路撒冷先生停好推車，正要走進去，就聽到有人對他大聲嚷嚷。

耶路撒冷先生四下張望，看到了一台躍馬，那台躍馬的司機正打算倒車、停進耶路撒冷先生推車前方的空位，車上載了一批由玻璃和鉻金屬製成的嶄新爆米花機。

如果說耶路撒冷先生有任何一種不喜歡的卡車類型，那就是躍馬了。這是因為躍馬老闆路易・利佛昆的父親是耶路撒冷先生的朋友。

路易的父親名叫所羅門・利佛昆，生前是二手衣這一行當中最受敬重的手推車小販之一。耶路撒冷先生和所羅門在同一條街上做生意相遇時，耶路撒冷先生常會用炭爐熱一杯茶招待老朋友。

照理說，耶路撒冷先生應該很高興看到老朋友所羅門的兒子如此飛黃騰達。大家都說路易・利佛昆現在擁有一百台大卡車，但是從路易買下第一台卡車的那天起，就再也不曾回家探視父親，這件事讓耶路撒冷先生很不滿，所以每次耶路撒冷先生在街上看到躍馬的卡車時都會想：「這些卡車是破壞家庭生活的元凶。」

在豌豆槍作戰的第一天，看著那台龐大的躍馬緩緩倒車、準備靠邊停車時，耶路撒冷先生想著，不知道他的老朋友所羅門・利佛昆會怎麼看這場手推車戰爭？不知道所羅門會不會出手射擊屬於他兒子路易・利佛昆的卡車？所羅門會希望他的老朋友耶路撒冷怎麼做呢？

「該射就射。」所羅門・利佛昆應該會這樣說吧，耶路撒冷先生告訴自己。

耶路撒冷先生和所羅門・利佛昆的對話被躍馬的司機打斷。

司機大喊：「嘿，小老弟。別自言自語了，把那台嬰兒車挪一挪！」這個司機是利多・米提，在喬伊・卡夫利斯的日記中曾經提到他。

耶路撒冷先生皺起了眉頭。利多・米提明明不到耶路撒冷先生一半的年紀，個子也不比他高，卻輕蔑的叫他「小老弟」，這已經夠糟了，想不到利多・米提還把耶路撒冷先生的推車兼住家叫作「嬰兒車」，完全是毫無來由的粗魯無禮。不過耶路撒冷先生還是保持禮貌。

他說：「我只要一分鐘就好。」

利多・米堤說：「我等不了一分鐘。我要送爆米花機。」

耶路撒冷先生說：「嗯，我要去收一台爆米花機。除非我把二手爆米花機給收走，否則店裡沒有空間放你的新機器。」說完他就轉身準備去辦事。

但是就在耶路撒冷先生要踏進糖果店的時候，利多・米堤開始催油門。耶路撒冷先生不免遲疑了。他想起花販莫瑞斯的遭遇，於是轉頭看了一眼。

利多・米堤說：「我要倒車了。」

耶路撒冷先生嘆了口氣，乖乖走回去把推車挪到對街。

利多・米堤咧嘴一笑說：「這樣才乖，好夥計。」

耶路撒冷先生沒有回答，但是當利多・米堤倒車開進耶路撒冷先生原本停車的空位時，這位上了年紀的小販拿出他的豌豆槍。他遲疑的盯著槍看。

「像我這樣的年紀——拿著豌豆槍！」耶路撒冷先生嘆了口氣，「在德蘭西街幹這種事，真是瘋了。」但他還是在槍管裡塞進一顆帶針的豌豆，仔細瞄準——然後發射。

接下來什麼也沒發生，耶路撒冷先生感覺自己像個傻瓜。他說：「好吧，我承認，我們全都瘋了。」

耶路撒冷先生搖搖頭，正要把豌豆槍扔進水溝，卻聽到一陣微弱的嘶嘶聲——是輪胎漏氣的聲音。

「或許搞不好沒那麼瘋。」耶路撒冷先生說。

他把豌豆槍放回口袋，走進店裡去收那台舊爆米花機。當他走出糖果店時，利多・米堤的一個後胎已經完全洩了氣。利多・米堤在街上氣得上下跳腳，對著輪胎口吐惡言，比先前對耶路撒冷先生說的話還更不客氣。

耶路撒冷先生問：「怎麼啦？羅馬沒辦法跳躍了嗎？是不是出了點小麻煩啊？」

利多・米堤氣到沒辦法回話。

「相信我，所羅門，我必須這樣做。」耶路撒冷先生對著彷彿就在他身邊的老朋友這樣說。

耶路撒冷先生一邊用繩子把舊爆米花機綁在推車上，一邊繼續說：「事實上呢，所羅門，偶爾製造一點小麻煩或許是有益的。」

他沿著德蘭西街往前走的時候很滿意的對老朋友說：「但是呢，所羅門，誰想得到像我這樣年紀的人，會是這麼棒的射擊手呢？」

他又補了一句：「當然啦，用高級的針是值得的。」

耶路撒冷先生知道去哪兒可以把那台二手爆米花機賣個好價錢，但是現在他並不急著趕過去。一路上，只要看到停下來等紅燈或是靠邊停車送貨的卡車，他就會停下腳步仔細觀察。

耶路撒冷先生非常小心的選擇攻擊目標，最後他很驚訝的發現，用完彈藥之前他又射中了四台卡車。下午兩點三十分，他回頭前往麥西・漢默曼的工作室，好領取更多豌豆針。他抽不出空去賣掉那台舊爆米花機。

13 安娜將軍的絕招

耶路撒冷先生用完彈藥的時候，距離麥西・漢默曼的工作室雖然不到一公里，卻花了將近三個小時才到達，因為到了下午，市區已經一片混亂。

德蘭西街這個區域的情況特別嚴重，耶路撒冷先生在每個街區都看到兩、三台停擺的卡車。交通大打結，人們對著堵塞街道的卡車司機高聲怒吼。

卡車司機暴跳如雷，他們並不習慣被按喇叭或大聲咆哮，而且完全搞不清楚這是怎麼回事。

最先被射中輪胎的幾個司機以為是自己運氣不好，扎到了玻璃碎片或釘子。他們打電話找修車廠的人來換輪胎，然後一邊喝咖啡一邊等待。

起初，卡車司機並未察覺不尋常之處，直到接電話的修車廠技師變得不耐煩。到了中午時分，技師們對打電話來要求緊急道路救援的卡車司機越來越不客氣。

不只一個司機得到的回應是：「別急，老兄。在你前面還有十四台爆胎的卡車，你得等到明天了。」到了這個時候，卡車司機開始覺得奇怪了。

大部分被射中的卡車都大到司機沒辦法自行更換輪胎，所以這些司機沒得選擇，只能坐在卡車旁等待救援，隨著時間一分一秒過去而越來越光火。

耶路撒冷先生記得很清楚，下午的報紙刊出警告，要駕駛人注意避開德蘭西街這個「災區」，而其他區域也嚴重塞車。直到五點半，耶路撒冷先生才終於推著車穿過混亂的車陣，抵達麥西・漢默曼的工作室。在很多地方，手推車是唯一還能前進的車輛。

在耶路撒冷先生抵達之前，麥西已經把一張碩大的紐約市街道地圖釘在牆上。只要有小販回報，麥西就拿豌豆針插在卡車受到攻擊的地點做記號，這些針被塗成鮮紅色，讓人可以一眼看清整個戰況。

紅色當中穿插著一些金色的針。麥西解釋說，這些金色的針代表特大號獵物，像是聯結車或巨象，或是十噸的威虎。

「或是躍馬？」耶路撒冷先生問。

「如果你射中躍馬，我就給你金色的針。」麥西說。

地圖上已經布滿了紅色和金色的豌豆針，耶路撒冷先生愉快的研究著地圖。在麥西的地圖上，戰況看起來整齊悅目，而且很有組織。

耶路撒冷先生說：「街上的情況看起來可沒那麼美妙。」

「這我知道。」麥西・漢默曼一面說一面把代表耶路撒冷先生戰果的五根針插在地圖上──四紅一金。雖然麥西整天足不出戶，但他卻是最清楚整個戰況的人，因為所有小販都會來向他報告。

「要是碰巧有哪條街的卡車躲過一劫，我可以從地圖上看出來。等到有人回來補充彈藥的時候，我就可以告訴他哪裡需要支援。」麥西說。

「目前為止最高紀錄保持人是熱狗哈利。」麥西告訴耶路撒冷先生：「他幹掉了二十三個輪胎，已經回來補充彈藥兩次了。」

耶路撒冷先生說：「年輕真好。我們應該頒個獎章給他。」

麥西說：「我們會的。」接著又說：「現在唯一讓我煩惱的是安娜將軍。」

耶路撒冷先生說：「她沒被抓吧？」

麥西說：「沒有。我真是不懂為什麼，她根本瞄不準。」

耶路撒冷先生說：「對女士來說這真的很難。」

麥西說：「中午的時候她一把鼻涕一把眼淚的進來，說她射了二十五發，但是一發都沒中。」

耶路撒冷先生說：「有沒有射中不重要，重要的是精神。」

麥西說：「我也是這樣跟她說。但是她回答：『他們叫我安娜將軍，難道這個頭銜是**白叫**的嗎？』」

耶路撒冷先生說：「這有什麼關係。」

麥西說：「啊哈，對安娜將軍來說可大有關係。所以你知道她現在怎麼做嗎？」

耶路撒冷先生說：「怎麼做？」

麥西說：「她用手把豌豆針插進去。」

耶路撒冷先生說：「**用手**！但是這樣誰都會看到啊。」

「我跟她說，」麥西說：「『光天化日之下，你要偷偷靠近停在海斯特街的卡車？你瘋了不成？』」

麥西繼續解釋：「我告訴她，這實在太危險了。你知道她說什麼嗎？」

耶路撒冷先生問：「說什麼？」

「她說：『別擔心，誰想得到一個老太太會在輪胎上插豌豆針？要是有人問我為什麼彎腰低頭，我就說我正在找掉到卡車底下的帽針。』」

耶路撒冷先生嘆了口氣。「我們不該讓她這樣做。」

麥西說：「甚至還有個警察來幫忙找帽針呢。」

耶路撒冷先生說：「我們必須阻止她。」

麥西說：「但是她已經幹掉了十四個輪胎。從中午十二點開始算起。」

「光是用手？」耶路撒冷先生問。

14 眾說紛紜的爆胎之謎

如同手推車小販所預期的，卡車司機渾然不知自己遭受攻擊。豌豆槍作戰開始頭幾天的慘重傷亡，很明顯不可能只是運氣不好，但是卡車司機不知道應該怪誰。

一開始大莫怪罪輪胎公司，指責他們採用的橡膠品質不佳。

大莫的指控惹火了輪胎公司總裁，他拒賣輪胎給大莫。大莫進退兩難；突如其來的意外讓他需要補充大量輪胎，其他輪胎公司又忙著供應長期客戶突然增加的訂單，根本沒有多餘的輪胎可以賣給大莫。

說來奇怪，但是起初三天沒有任何人在更換輪胎的時候發現造成輪胎洩氣的豌豆針。或許是因為豌豆針深深陷入輪胎的溝紋之中，要不就是因為輪胎的重量把豆子給壓碎了。輪胎被刺穿以後，有時候要過了五到十分鐘才會洩完氣，所以正在行駛的卡車如果被射中，往往要開出半公里外，司機才會發現。

就算有少數技師發現插在輪胎裡的針，剛開始也不覺得有什麼好奇怪的，就和平

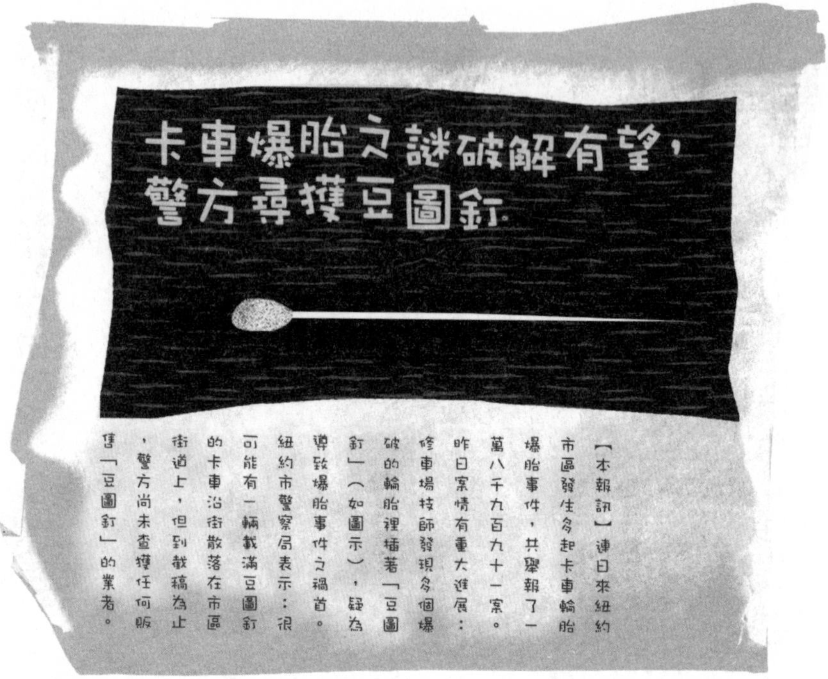
卡車爆胎之謎破解有望，
警方尋獲豆圖釘

【本報訊】連日來紐約市區發生多起卡車輪胎爆胎事件，共舉報了一萬八千九百九十一案。昨日案情有重大進展：修車場技師發現多個爆破的輪胎裡插著「豆圖釘」（如圖示），疑為導致爆胎事件之禍首。紐約市警察局表示：很可能有一輛載滿豆圖釘的卡車沿街散落在市區街道上，但到截稿為止，警方尚未查獲任何販售「豆圖釘」的業者。

常他們在輪胎裡找到的釘子、螺絲、玻璃碎片一樣稀鬆平常。最後終於有個眼尖的技師發現一根完好無缺的豌豆針，後來在同一天他又拔出兩根豌豆針，這才讓他起了疑心。

一旦知道要找的是什麼東西，技師們很快就從接連爆胎的大批卡車輪胎當中，找到了相當多的豌豆針。當然啦，沒人知道這些針是做什麼用的，因為根本沒人看過這個東西。報紙刊出了一張放大的素描，把插了針的豌豆叫作「豆圖釘」。

一開始的推測是，可能是一

輛載滿豆圖釘的卡車沿街散落在市區街道上。但警方查遍了電話簿分類廣告頁面P字頭的部分，沒找到半個販售「豆圖釘」的業者。

要是警察仔細查看了「乾燥豌豆」的條目，就會發現一家「波西豌豆公司」（**歡迎論兩、論斤、論噸購買**）。老闆波西先生可能會告訴警方，有個名叫溫妲・甘寶琳的女士十天前訂購了一噸豌豆，警方就有可能會追查下去。

實際發生的情況是，警方沒想到要詢問波西先生，波西先生也沒想到要告訴警方溫妲・甘寶琳的事，因為他完全沒想到他賣的豌豆和報紙報導的豆圖釘有任何關聯，他賣出的豌豆可沒有插著圖釘。

在市長艾密特・卡德（**大卡車代表進步**）的命令下，警察局長派出數批巡邏隊員大規模掃街，試圖一舉清除街道上所有的豆圖釘。結果巡邏隊只找到幾根沒射中目標的豌豆針，付出的時間和成果不成比例。

整個謎團的懸疑性達到最高峰時，一個名叫麥克的卡車司機（就是撞翻花販莫瑞斯的那個麥克）發展出一套理論，宣稱豆圖釘來自外太空。麥克認為某些看不見的敵人正在地球上空盤旋，惡意的用豆圖釘轟炸地球。由於以前從來沒人看過豆圖釘，而且在紐約市電話簿上找不到賣這種東西的店家，使這個外星人理論增添了幾分真實性。

麥克的理論導致一些卡車司機開車上街時把頭伸出車窗外，搜尋從天空掉下來的豆圖釘，結果反倒引發一連串的卡車對撞事件。

「外星人理論」是截至目前為止最嚇人的理論，因為這個理論還牽涉到另一個可能性——這些豆圖釘或許帶有輻射。當然，那些被技師找到的豆圖釘隨即進行檢驗，並沒發現任何輻射物，這才讓社會大眾放下心來。但是卡車司機依然感到不安。

麥克指出，只有少數豆圖釘做過檢驗，這不表示其他豆圖釘沒有受到汙染。麥克的一個朋友甚至指出，說不定輻射已經從豆圖釘滲進輪胎裡。

此時卡車司機的士氣相當低落，很多人嚷著要辭職改行。卡車公司卯足全力想讓司機安心，幾家公司還雇了豆圖釘偵察員，坐在卡車引擎蓋上偵察。

偵察員的工作是盯著天空看，要是看到空中出現豆圖釘就趕緊打信號通知司機。一路上，這些偵察員頻頻向司機打信號，但是查證後全都是虛驚一場——有時是迷路的蝴蝶，有時是從辦公室窗戶飛出的紙片，沒有一次是來自外太空的豆圖釘。

後來有個報社記者詢問麥克：為何只有卡車輪胎受到攻擊？關於這個問題，還是第一次有人提出有見地的想法。要不是有位女士打電話到報社投訴：**並不只有**卡車輪胎受到攻擊，整件事可能會有不同的發展。這位女士抱怨，她路過第二大道時被豆圖釘刺個正著，痛得很。

「是誰射歪了？」看到報紙刊出這則消息，麥西・漢默曼質問大家。

「我沒射歪，」熱狗哈利回答：「她批評我的酸菜，就那麼一次，我實在忍不住。」

安娜將軍說：「一次還可以理解，但是絕對不能有第二次。」

安娜將軍必須嚴厲警告熱狗哈利，因為他的射擊技術太好，同伴們現在都改口叫他「熱手哈利」，他也欣然接受。事實上，他的自我感覺良好到如果有人拱他去射艾密特・卡德市長本人，他會毫不猶豫的出手。

安娜將軍說：「我警告你，熱狗哈利，我們不射無辜的人。這只會製造麻煩。」

讓卡車司機最惱火的是，好像沒人同情他們。看到拋錨的卡車，路過的人會對司機大喊：「怎麼啦，先生？遇到麻煩了嗎？」但是他們詢問時臉上帶著笑容，更沒有半個人主動提出要幫忙換輪胎。

事實上，看到碩大的卡車僅僅因為爆了一個輪胎就焦頭爛額，似乎讓人們感到很有趣。報紙的漫畫專欄不時刊出幽默的諷刺漫畫，有個搞笑藝人因為在電視上模仿卡車的窘況一砲而紅。

當然，四處可見的拋錨卡車對整個城市造成很大的不便，但是長久以來，卡車一直都造成整個城市的不便，現在卡車自己成了最大的受害者，這種新局面大快人心，因此市民沒有太多抱怨。

卡車剛開始受到攻擊的時候，卡車司機乾脆把爆胎的車子留在路中間，一直等到技師來換輪胎。但是到了豌豆槍作戰的第四天，拋錨的卡車實在太多了，交通局長不得不發布緊急命令，要求所有爆胎車輛必須在事故發生後一小時內移開街道。如果把卡車留在路中間，將罰款五百美元。

由於市內的拖吊車數量不夠，沒辦法在短時間內把所有的拋錨卡車吊離現場，所以沒被擊中輪胎的卡車不得不暫停平常的運送工作，幫忙把同伴拖到修車廠。甚至不時還可以看到爆胎的拖吊車被普通卡車拖著走呢。

如果卡車載運的是容易腐壞的生鮮蔬果，遇上爆胎的司機往往必須雇請六輛手推車轉運貨物，趕在食物腐壞之前送到目的地。手推車因而生意興隆。

艾迪・摩洛尼說：「多賺的這些錢，可以用來買更多的針。」

到了豌豆槍作戰的第六天，路上的卡車數量已經減少到足以讓交通順暢通行，這是十年來的第一次。就算偶爾因為手推車小販射中太多卡車而導致交通堵塞，事故車也會在短時間內迅速移走。

15 賣花的法蘭克被捕

豌豆槍作戰第九天，賣花的法蘭克被逮捕。有個豆圖釘偵察員識破了他的行徑。

有幾家卡車公司覺得麥克的外星人理論不可信，便把豆圖釘偵察員的乘坐位置從引擎蓋移到卡車的後擋板或後保險桿上，偵察方向也從「空中」改為「地面」。

其中一個偵察員發現賣花的法蘭克正在瞄準他所乘坐的廂型麵包車後輪。當時卡車正在行駛中，偵察員坐在卡車後擋板上方，起初他以為法蘭克只是在舔溼一枝黃色鉛筆的尖端，但是車子往前開了兩、三個路口停下來等紅燈時，偵察員聽到車子後輪漏氣的聲音，於是他想起了賣花的法蘭克把「鉛筆」放進嘴裡時那一臉專注的神情。

司機下車檢查被刺穿的輪胎時，偵察員往回跑三個路口，剛好及時逮到賣花的法蘭克正在瞄準另一輛卡車。偵察員並沒有實際看到豌豆針從槍管射出來，但是法蘭克瞄準的那輛卡車還沒開到下個街角，就因為輪胎洩氣而搖搖晃晃靠向路邊，目睹實況的偵察員叫來警察，要警察搜法蘭克的身。

警察在法蘭克口袋裡找到了豌豆槍，問他這是什麼，法蘭克說那是一個好朋友幫他做的黃色塑膠吸管。

法蘭克解釋：「萬一我點了冰淇淋汽水但是餐廳沒有供應吸管的話，這根管子就可以派上用場。」

「冰淇淋汽水？」警察有點狐疑。

法蘭克說：「那是我最愛的飲料。」他補充說：「有些人不介意把瓶子拿起來喝，但是我比較喜歡用吸管。」

「我太太也是這樣。」警察正打算把豌豆槍還給法蘭克時，目光一瞥落在法蘭克插在帽子飾帶的六根豌豆針上。

法蘭克正打算解釋那些是仿製珍珠胸花針，用來應付顧客的特殊要求，像是讓女士把花別在衣服或帽子上，但是偵察員已經認出那些豌豆針就是先前卡車司機在輪胎裡發現的豆圖釘。

賣花的法蘭克別無他法，尤其是在偵察員成功的從輪胎裡找出豌豆針之後。法蘭克只好承認偵察員說的那兩輛卡車是他射中的。

接下來的問題是，賣花的法蘭克還射中了其他多少台卡車？法蘭克說他得想一想。

這個問題很難回答，因為法蘭克射中的究竟是十七台還是十八台，他沒辦法肯定。在豌豆槍作戰第二天，有輛闖紅燈的卡車在法蘭克確認是否擊中輪胎前就開走了，使得法蘭克一直很苦惱到底該不該把這台卡車算進他的得分。

有些時候法蘭克覺得當然應該算進去，有些時候又覺得這種「姑且信之」的態度不夠嚴謹。

看著等待他回答的警察，法蘭克對自己說，大概應該可以算是十八吧。雖然「十八」和熱狗哈利的成績比起來簡直是小巫見大巫，但是忽然間感覺聽起來很厲害。法蘭克為此有些自豪，但是他可不想在警察面前惹出更多不必要的麻煩。這樣說來，或許該說十七比較好。

前往警察局的路上，法蘭克一直在思考這件事。到了警察局，局長親自主持訊問。

聽完逮捕法蘭克的警察解釋情況，警察局長開口了：「好啦，是多少？」

賣花的法蘭克心想，如果他承認是十八台，不知道會被關多久？

警察局長說：「我在等你回答。」

法蘭克謹慎的說：「嗯，最少十七。」

警察局長說：「最少。那最多呢？」

「可能是十八。」法蘭克的語氣不太有把握。

「可能？」警察局長說：「你瞧，上個星期舉報了一萬八千九百九十一案爆胎，我打算揪出每起事件的凶手。所以你到底射中了多少？我是指最多。」

就是在這一刻，賣花的法蘭克成了英雄。他定定的看著警察局長的眼睛說：「好，我承認——全部都是我射的。」

「**全部！**」警察局長驚嘆。

法蘭克說：「全部十八，我的意思是十八K，我是以千為單位來計算。」

警察局長倒抽了一口氣：「十八K！」

法蘭克不好意思的笑了笑：「或許多一點或少一點，我搞不清了。」

「但是十八K——」警察局長震驚的情緒尚未平復。

法蘭克堅定的說：「全部。全部都是我射的。」

「全部一萬八千九百九十一都是你射的！」警察局長重複說著。

法蘭克點點頭，露出自信的笑容。聽到警察局長說出警方獲報的龐大爆胎數字，法蘭克忽然想通了——要是他承認只射了十七或十八台卡車，警察會繼續搜尋攻擊其他卡車的人。這樣一來，他的同伴可能會統統被抓，豌豆槍作戰也就到此為止了。

法蘭克做出決定，既然他已經被逮捕了，乾脆一咬牙，自己一個人承擔所有責任。他得出的結論是，警察抓他總好過抓到神槍手熱狗哈利——絕不是因為他覺得十八這個數字很丟臉。

「全部一萬八千九百九十一嗎？」警察局長彷彿沒聽清楚似的再問了一次。

賣花的法蘭克攤了攤手：「我記不清正確的數字了。」麥西・漢默曼的地圖之前最後一次清算時，插了兩萬多根針，但是賣花的法蘭克並不打算告訴警察局長：警方的紀錄少了一千多，他敢說這一定會惹惱警察局長。

賣花的法蘭克說：「我沒辦法一一算清楚每個輪胎，但是我已經幹了好幾天。」

警察局長不敢相信自己的好運，這麼輕易就得到全盤招供。大群卡車司機的抱怨讓他很頭大，他快被這件事煩死了。

警察局長問：「你為什麼要這樣做?你對卡車有什麼不滿嗎?」

法蘭克聳聳肩說：「我發神經。」

警察局長說：「我想也是。」身為一個正常人，警察局長認為，只有神經病才會做出像法蘭克剛剛招供的行為。

而且就警察局長看來，賣花的法蘭克不像是蓄意犯罪的人。主要是因為法蘭克戴的那頂帽子——那是一頂舊呢帽，帽頂被剪掉了，帽子的飾帶上插著不同顏色的小花，大部分是矢車菊和丁香水仙（法蘭克每天早上都會插上新鮮的花朵）。

法蘭克的帽子戴在一個花販頭上其實並沒有那麼奇怪，在某種程度上，這算是一種廣告。不過警察局長從未看過這種帽子。

警察局長認為：真正的罪犯絕對不會戴這種古里古怪的帽子，但是一個神經病就很有可能會這麼做。

警察局長說：「不過，**一萬八千九百九十一**個輪胎！」

賣花的法蘭克謙虛的說：「這不算什麼啦。」

警察局長盯著法蘭克仔細看了好幾分鐘，然後把逮捕法蘭克的警察叫過來說：「把這個人關起來，但是要對他好一點。他是個無害的神經病。」

警察局長友善的輕拍法蘭克的肩膀。解決了豆圖釘這個案子，讓他大大鬆了口氣。半個小時內，特別發行的號外就送到了報攤，宣告賣花的法蘭克被捕的消息，其中一份的標題是〈偵察員查獲豆圖釘攻擊者〉，另一份標題是〈豆圖釘攻擊者被捕〉，還有一份是〈精神異常圖釘男〉，標題下方是法蘭克的照片。

安娜將軍看到這些號外之後，傳話要所有小販立刻到麥西・漢默曼的工作室集合。

在麥西的地下室，小販們聚精會神的聆聽警察局長的廣播談話。

警察局長向民眾保證，已經沒有什麼好擔心的了，卡車輪胎被刺之謎已經解開——全都是一個無害的神經病的傑作。

警察局長的聲明讓好幾個法蘭克的小販同伴眼眶含淚，他們知道法蘭克是為了保護他們才獨自承擔一切。

花販莫瑞斯說：「光憑這股義氣，就該讓他當美國總統。」

「**總統！**」培瑞茲老爹說：「總統怎麼會是神經病？」然後又補上一句：「這可不是說我不感謝賣花的法蘭克。」

安娜將軍說：「他是個英雄，願他長命百歲。」

「百歲？」耶路撒冷先生說：「好讓他在牢裡度過嗎？破壞了那麼多卡車輪胎，賣花的法蘭克可能下半輩子都要吃牢飯。」

習慣睡在星空下的耶路撒冷先生無法想像還有什麼事比被關在牢房裡更可怕。他認為不應該由法蘭克一個人承擔所有罪責。

耶路撒冷先生說：「我們所有人必須挺身而出，去向警察局長解釋。」

安娜將軍說：「不行。如果我們全部都去自首，戰爭就畫下句點，卡車就不費吹灰之力的贏了。賣花的法蘭克一個人攬下責任，表示他希望我們繼續作戰。他為我們犧牲了那麼多，我們怎麼能讓他失望呢？」

熱狗哈利說：「對，我們不能讓他失望。我個人在此宣布，今天下午我要為賣花的法蘭克幹掉十個輪胎！」

「等一下，」艾迪・摩洛尼說：「只要法蘭克還在牢裡，我們就不能再射擊任何一個輪胎。」

熱狗哈利問：「為什麼不行？難道你不同意安娜將軍說我們必須繼續作戰嗎？」

艾迪・摩洛尼說：「我一向同意安娜將軍的看法。當然啦，我們不能輕易棄械投降。但是如果繼續有爆胎，警察局長就會發現法蘭克的說詞絕對不是真的。警方會重啟調查，而且現在他們知道要找什麼東西了，你認為他們會花多久時間逮到全紐約市每一個手推車小販？」

安娜將軍說：「艾迪・摩洛尼說得對。今天晚上離開麥西的工作室之前，每個人都要把槍和子彈交出來。」

「每個人？」熱狗哈利問。射擊卡車輪胎比他以往做過的任何事還要好玩，他很自豪自己是幹掉最多輪胎的紀錄保持人，甚至有點嫉妒賣花的法蘭克，明明只射中十七還是十八個輪胎，卻在報紙上搶走了**所有**功勞。

安娜將軍說：「戰爭並沒有到此結束，這只是豌豆槍作戰畫下休止符。我們必須物色新的武器。」

16 大莫抨擊警察局長

幸好安娜將軍在賣花的法蘭克被捕當天收回了所有的豌豆槍，因為在法蘭克被捕隔天，報紙頭版標題寫著：〈大莫嘲諷警察局長是豬頭〉。

大莫說，警察局長竟然笨到相信法蘭克的故事。大莫認為，賣花的法蘭克不可能同一時間出現在不同卡車受到攻擊的所有地點，就算是神經病也辦不到。

大莫提出的證據是，在豌豆槍作戰第一天有兩台猛獁象公司的卡車被射中；其中一輛是上午十點零五分在第一百七十九街被射中，另一輛則是上午十點零七分在第二街被射中。

大莫質疑：「怎麼可能有人在兩分鐘內移動到一百七十七條街外？」然後又加上一句：「尤其是在紐約市的交通情況下。」

大莫斷言這件事顯然牽連廣泛。他要求警察局長指派專門的「豆圖釘特偵隊」，逮捕其他的豆圖釘攻擊者。

如果警察局長成立豆圖釘特偵隊，就等於承認他**確實**是豬頭才會相信法蘭克的話，所以警察局長叫大莫自己去吃豆圖釘。

大莫沒有接納警察局長的建議，而是打電話給艾密特・卡德市長。

市長非常關切卡車所遭遇的問題。就在他發表著名的花生醬演說之後，大莫贈送市長猛獁象搬運公司的一千股股票，感謝他對大企業的全力支持。

威虎和路易・利佛昆自然不會落於人後，所以他們兩人也分別贈送市長威虎公司和躍馬公司一千股的股票。

收到這些禮物的市長不可避免的和卡車業有了利益關係，結果卡德市長和卡車三巨頭成為最親密的戰友，每週五晚上都聚在一起打牌，市長對卡車業的苦水瞭若指掌。

他常常對三巨頭說：「你們的問題就是我的問題。」

因此當大莫打電話跟卡德市長說：「身為朋友，我認為你應該要求警察局長即刻成立豆圖釘特偵隊，把這整個陰謀查清楚。」市長覺得這是一個友善的建議，便向警察局長傳達指令。

警察局長並不覺得這是一個友善的建議，但是他別無選擇，只得成立豆圖釘特偵隊，命令這個小隊徹底搜查全市的豆圖釘和豆圖釘攻擊者。

然而多虧了安娜將軍的命令，豆圖釘特偵隊什麼也沒找到。所有彈藥都鎖在麥西・漢默曼的地下室，連續三天沒有任何卡車受到攻擊。

市民交頭接耳的說：「哎呀，可別低估神經病的力量！」

隨著事件落幕，民眾甚至有點失望。針對卡車的神祕攻擊已成為熱門話題，許多人和親朋好友打賭猜測每天報銷的輪胎數量。

至於困擾大莫的謎團，則有兩派解釋。第一派的說法是：賣花的法蘭克有直升機；第二派也是更多人所接受的解釋是：法蘭克只射中了第二街的卡車，至於第一百七十九街爆胎的禍首則是常見的釘子。

豆圖釘特偵隊沒能搜出大量共犯，使大莫顯得偏執可笑，也讓警察局長額手稱慶。最新的報紙標題變成〈警察局長批評大莫異想天開〉。

警察局長告訴記者：「我一直認為賣花的法蘭克很老實。我通常可以看出誰才是真正的神經病。」

但是警察局長有點高興得太早了。在他吐露心聲隔天，爆發了新一波的爆胎事件，而且發生在全市三個不同的區域。

17 豌豆槍作戰：第二階段

聽到針對卡車的新一波攻擊，手推車小販和警察局長同樣驚訝。安娜將軍召集所有人到手推車之王的工作室集合，確認是不是有人沒遵守命令繳回豌豆槍。

所有人都繳回了武器，包括熱狗哈利。安娜將軍特別私下詢問熱狗哈利，他向安娜將軍保證，儘管他百般不願，但確實繳回了他手上的豌豆槍和每一發子彈。

等到豆圖釘特偵隊在曼哈頓大橋附近抓到幾個八到十歲的男孩正在射擊卡車，才解開了這個謎。男孩們用的槍和賣花的法蘭克使用的武器非常相像，警察盤問他們：槍是從哪裡來的？認不認識賣花的法蘭克？

孩子們說他們從沒見過賣花的法蘭克，槍是他們根據報紙的描述，自己依樣畫葫蘆做出來的。其中一個男孩甚至做了頂類似法蘭克的帽子戴在頭上，不過插在帽帶上的花是紙做的。

豆圖釘特偵隊沒收了孩子們的槍，勸說他們別再玩這種遊戲。但是此時其他孩子已經群起效尤，很快的，全紐約市各地都有孩子製造豌豆槍射擊卡車輪胎。好幾處社區還出現了「賣花的法蘭克粉絲團」。

豆圖釘特偵隊才剛逮到一幫孩子，馬上又接到另一幫孩子犯案的舉報。由於全紐約市八到十歲的兒童人數遠遠超過手推車小販，所以在兒童大作戰的最高峰，爆胎的數量甚至比法蘭克被捕之前還要多。

有一天，大莫抱怨他旗下七十二台卡車當中多達三十六台受害，根本是無法無天。大莫警告：「下一分鐘，這幫惡棍可能就會開始射擊無辜的路人。到那個時候，或許警察局長才會採取行動。」

奇怪的是，孩子們始終沒有開始射人，或是汽車、計程車或腳踏車。孩子們似乎很清楚這是一場對抗卡車的戰爭，而且保持這個初衷會比較有趣。

在豌豆槍作戰的第二階段，全紐約市所有平價商店的圖釘和大頭針都供不應求（孩子們發現兩種針效果一樣好），雜貨店接到許多詢問乾燥豌豆的電話，花販的業績也驚人的成長，主要來自八到十歲的顧客。花販莫瑞斯用放了一天的花來製作適合別在帽帶上的小花束，並且用低廉的價格賣給孩子。

在豌豆槍作戰的第一階段，由於卡車司機不知道是誰在攻擊他們，自然會感到焦躁不安。但是到了第二階段，確認是孩子們在發動攻擊之後，他們更加焦躁不安。

全市到處都有兒童，卡車司機不管到哪兒都覺得很危險。只要有孩子出現在視線範圍內，卡車司機就會猶豫該不該下車到店裡送貨或是喝杯咖啡。只要看到在嬉戲的兒童，卡車司機就會考慮繞道而行。

雖然全市只有少數兒童加入射擊卡車的行列，但是幾乎不可能光從外表判斷哪些孩子的上衣裡面藏著豌豆槍。有個卡車司機每天晚上吃飯前要先搜查一遍自己的孩子，看看有沒有豌豆槍。

當孩子們發現卡車司機懼怕他們，就更難克制不去逗弄司機。就連那些家教嚴格的孩子，那些連想都沒想過要射擊卡車輪胎、更別說是參加「賣花的法蘭克粉絲團」的孩子，光是在停靠路邊的卡車附近徘徊，就可以得到很大的樂趣。兩、三個孩子只要站在卡車附近的人行道上，就能讓司機嚇得皮皮剉。

大莫指示手下的司機：「別信任任何孩子。哪個小鬼敢走進卡車三十公尺範圍內，就狠狠揍他。」不幸的是，狠揍小孩的策略把那些友善可靠的孩子也都變成了敵人。

情況越來越糟，卡車司機駛過有小孩在玩耍的街道時，經常驚惶失措猛踩油門，結果便因為超速而被警察攔下。當警察開罰單時，停在路邊的卡車成了法蘭克迷口中可以輕易射中的「呆車」。不管怎樣，卡車司機都是輸家。

賣花的法蘭克粉絲團有一整套自己的流行語言，例如：「別卡車了！」代表「別笨了！」、「別蠢了！」、「別呆了！」。「別卡車了！」之所以成為今日大眾慣用語，追溯起源就是出自豌豆槍作戰的第二階段。

用「你是神經病！」來表達對某人的喜愛，同樣出自法蘭克迷的創意，意思是「你真是個好人／暖男／好兄弟／寶貝／甜心！」，毫無疑問是一首當時很風行的舞曲〈你是我的神經病〉的靈感來源。

粉絲團的格言是：「賣花的法蘭克粉絲團成員尊敬警察局長、汽車、計程車和老人，誓死消滅卡車。賣花的法蘭克粉絲團成員是忠誠清白的神射手。」

粉絲團成員有一套互相打招呼的暗語。常用的一套說法是「嗨呀，矢車！」，正確的回應是「嗨呀，小菊！」；或是「嗨呀，玫瑰！」，回應是「嗨呀，小苞！」。

每個粉絲團有自己的變化版：

「嗨呀，小甜！」對應「嗨呀，小豆！」

「嗨呀，小菊！」對應「嗨呀，小花！」

「嗨呀，阿風！」對應「嗨呀，信子！」

「嗨呀，阿水！」「你是說阿水嗎？」「我說，嗨呀，阿水！」「喔！嗨呀，阿仙！」

後來美國駐俄大使還因此贏得了「急智快嘴」的名聲，起因是有個說話尖酸的俄國外交官在派對上向他打招呼時直呼其名：「嗨呀，阿瓊！」大使眼也不眨的回答：「嗨呀，阿花！」——從此這個綽號跟著俄國外交官多年，甩也甩不掉。

這件事還有餘波——美國總統在事件之後的記者會上被追問，駐俄大使是不是賣花的法蘭克粉絲團成員，美國總統的辯護方式是咧嘴一笑，答道：「別卡車了。」

總統的回答雖然讓他失去了卡車業的支持，卻大大拉攏了汽車駕駛和行人。儘管英文教師不贊同總統使用這種俚語，不過對於總統這麼了解全國各城市的現況細節，讓大部分選民留下了深刻印象。

一般大眾對於兒童參與手推車戰爭抱持正反兩面的看法。有些人認同大莫，認為射擊卡車是野蠻的行為，應該嚴厲懲罰。但是大多數人的看法是，小孩子難免愛玩豌豆槍，這只是一時的風潮，很快會過去。

某位德高望重的兒童心理學家認為，孩子藉由攻擊卡車來表達他們痛恨受到父母的擺布。「這是典型的小孩對抗大人案例。」

這位心理學家認為，整體而言，孩子攻擊卡車總好過攻擊父母。如果禁止孩子射擊卡車，可能會產生更嚴重的問題。學者的建議讓打算嚴格禁止孩子射擊卡車的家長紛紛重新考慮。

手推車小販不知該如何看待兒童參戰。熱狗哈利感覺很不痛快，隨便一個八歲小孩都可以上街擺平卡車而不受到懲罰，他卻被迫袖手旁觀。更讓他困擾的是，有一則謠言說東哈林區有個九歲男孩，他一週之內幹掉的卡車輪胎數目和哈利在豌豆槍作戰第一週的戰績一樣多。

哈利質問：「這到底是誰的戰爭？」

「他們把這場戰爭變成一個玩笑。」哈利在安娜將軍召開的戰情討論會議中抱怨。

哈利說：「這是一場嚴肅的戰爭，對手推車小販來說是生死之戰。孩子們卻把戰爭變成一場大型野餐會或一個大玩笑。他們在嘲弄我們。」

花販莫瑞斯說：「幹掉幾千台卡車，多棒的玩笑啊！要我說的話，就讓他們繼續玩下去吧。」

培瑞茲老爹問：「為什麼是玩笑？說不定他們打從心裡討厭卡車。大卡車撞上小小孩，這是個玩笑嗎？我告訴你，現在的小孩可聰明得很。」

哈利說：「還有那些粉絲團！讓賣花的法蘭克看起來好蠢。他們甚至拿法蘭克的帽子開玩笑。」

麥西・漢默曼笑了：「二十年來我一直在取笑法蘭克的帽子，他都不在意了。他可是以那頂帽子為傲呢。」

花販莫瑞斯說：「而且啊，那些粉絲團成員寫信給在牢裡的法蘭克，坐牢的時候能收到信是好事。」

18 法蘭克帽意外爆紅

孩子們的豌豆槍作戰很可能如同許多人所說的，只是一時流行，來得快去得也快，但是卡車司機沒辦法坐等這股熱潮平息。

在兒童投入戰爭的最高峰，由於卡車損傷實在太慘重，卡車公司不得不把所有卡車撤離街道。

對於想要開車出門辦事或兜兜風的人來說，卡車全面撤退是個大好消息。

能夠再次看到計程車呼嘯而過讓人鬆了口氣，他們不時高速急轉彎或迴轉，在女性駕駛當中穿梭蛇行，一如街道被卡車占領之前那樣神氣。甚至連女性駕駛也顯得很開心；和卡車纏鬥多年之後，閃躲計程車就像在玩躲貓貓。

有位充滿運動員精神的女士甚至對撞掉她擋泥板的計程車司機送上飛吻，向他大喊：「好樣的！」（這名計程車司機大為傾倒，便把這位女士的車拖到修車廠，付錢更換新的擋泥板，還邀請她共進晚餐，最後把她娶回家。）

說實在的，卡車消失在街道上的第一天，人人興高采烈，感覺像是愉快的假日。公車載滿了上街選購新帽子和香水的女士，爸爸們下午休假帶孩子上動物園，學校老師也不出回家作業。公園裡到處有人在野餐，電影院和保齡球館更是擠滿了人。

所有手推車都回到街上做生意，那一天手推車小販的生意之興隆，可說是十九年來之最。整座城市歡欣鼓舞。

當然啦，除了卡車司機以外。三巨頭很快察覺到，卡車如果持續好幾天不上街會很危險——一旦市民習慣了可以自由通行的街道，就會強烈反對讓卡車回來。三巨頭一致同意，必須儘快讓卡車重回街上。

大莫打電話給市長，要求他採取措施維護街道安全，好讓卡車順利行駛。大莫說：「這種情況對卡車很不利。再這樣持續一個星期，我就要倒閉了。」

卡德市長自然非常同情卡車的困境，他召開市議會，議會提議向所有二十一歲以下的市民徵收購買圖釘的圖釘稅，他們的想法是如果稅金夠高（市議會把稅率訂為每磅圖釘一美元），就能打消孩子們購買圖釘的念頭。

但是這項提案無法讓卡車司機滿意，他們質疑：等到報紙刊出這則消息，怎麼能夠保證二十一歲**以上**的人不會因此被激發射擊卡車輪胎的念頭？大莫提醒卡德市長，賣花的法蘭克就超過二十一歲。

市長說：「但他是個神經病。」

大莫說：「或許是。但是聽好了，我太太跟我說，兩天前第五大道上城區有家高級時裝店，在櫥窗擺出了和賣花的法蘭克同款仕女帽，售價二十九・九五美元。」

卡德市長說：「一頂神經病的帽子要賣二十九・九五美元！」

大莫說：「這不是重點。重點是，那頂可笑的二十九・九五美元的神經病帽子已經趕不及出貨了。」

卡德市長問：「你說**已經**是什麼意思？」

「今天的報紙上刊出這頂帽子的全版廣告，帽子下面寫著：**讓你成為第一眼美女！卡車司機對你吹口哨嗎？戴上帽子擺平他們吧！**」大莫說。

「還有，」大莫又說，「我太太看的一本時尚雜誌最新一期的封面人物是電影明星溫妲・甘寶琳，她頭上就戴著這頂二十九・九五美元的法蘭克帽。我很想知道，等到你老婆問說她可不可以買一頂像溫妲・甘寶琳戴的那種帽子時，你會怎麼說？」

卡德市長說：「我太太不會問我對帽子的意見。」

「當然啦，」大莫說，「這就是最危險的地方。小孩子已經夠糟了，但要是女人也來插一腳，我們就完蛋了。」

市長終於看出事態的危急，於是再次召開市議會，這次議會把新法修正為**所有**年齡的購買者都要支付圖釘稅。

19 圖釘稅與英國最後通牒

所有念過美國歷史的學生都知道，「圖釘稅」是紐約市史上最不得民心的稅，不僅掀起了全市的學校革命，還差點引發英國宣戰。

紐約市民第一時間抗議圖釘稅不民主，是對圖釘使用者的不公平歧視——為什麼螺絲釘、螺栓、鐵釘、別針都不用繳稅？

而螺絲釘、螺栓、鐵釘、別針的使用者（包含了全市幾乎所有家庭）同樣強烈反對圖釘稅。他們的論點是：如果市長和市議會可以徵收鉅額圖釘稅，當然也可以隨心所欲徵收鉅額的螺絲釘稅、螺栓稅、鐵釘稅或別針稅。

手推車小販和圖釘沒什麼瓜葛，他們的子彈完全是用大頭針製作，但是基於原則問題，他們也支持反對圖釘稅。

耶路撒冷先生冒著被逮捕的風險，不但沒有收取人人喊打的稅金，反而把一盒盒的圖釘送給顧客。後來他被豆圖釘特偵隊抓到了，但是警察局長拒絕收押他，理由是市議會規定只有**賣出的**圖釘要收稅。警察局長說，就算耶路撒冷先生因為分送圖釘而破產，那也是他自己的事。

受到圖釘稅打擊最大的族群之一是學校老師，他們合力發起罷教抗議行動。老師們宣稱，布告欄一定要用到圖釘，而在紐約市要教導整班的學生絕不能沒有布告欄，否則課堂根本沒辦法運作。

一萬兩千名教師高舉「**沒圖釘，沒老師！**」的標語牌，團團包圍市長辦公室。在老師們抗議期間，學校不得不暫時停課。

學校一停課，大批學童從早到晚都在街上閒晃，射擊卡車的事件也跟著增加（很多孩子本來就是用大頭針來製作豌豆針，他們覺得圖釘和針沒有差別，圖釘稅對他們根本沒造成任何影響）。

最激烈的抗議想當然耳來自英國。當時英國是全世界最大的圖釘生產國，紐約市的圖釘大部分購自英國。

英國譴責紐約市的圖釘稅新制真正目的是將英國趕出美國的圖釘市場，實質上違反了《英美國際圖釘協議》第二三八條。英國大使向華府的美國總統嚴正抗議，並且暗示若不立即廢止圖釘稅，英國可能將被迫直接介入紐約的抗爭。

於是總統馬上採取行動，把卡德市長叫到白宮，警告他必須在二十四小時內廢止圖釘稅，否則將派遣聯邦部隊前往紐約市維持秩序。

卡德市長只好下令市議會廢除一週前在他要求之下倉卒通過的稅法。民眾紛紛購買圖釘慶祝這條稅法的廢除，造成紐約史上最瘋狂的圖釘搶購熱潮，解禁第一天共賣出超過八十萬磅圖釘。憂心忡忡的市長連忙改弦易轍提出「豌豆大封鎖」對策，希望能夠避免爆發新一波的大規模豌豆射擊案。

20 豌豆大封鎖

五月十一日早上，卡德市長發布緊急命令：在街上完全恢復和平以前，全面禁止販售乾燥豌豆。

「沒有和平，就沒有豌豆。」市長在對所有市民發表的演說中宣布。

市長告訴民眾，市議會已經和大莫簽訂合約，聘雇十九台巨象封鎖通往紐約的所有橋梁和隧道，並且指示這些巨象的司機搜索所有進入市內的卡車，查看是否載有豌豆。

市長補充：「此外，我已經命令豆圖釘特偵隊關閉全市所有豌豆分裝工廠，靜候進一步的通知。」

正是因為豌豆大封鎖以及關閉豌豆工廠的措施，才導致手推車的祕密戰略被揭穿，不過整個過程可說純屬巧合。

所有豌豆工廠自然都強烈反對關廠的命令，不過整體而言，豆圖釘特偵隊仍然一一說服了廠商。

特偵隊向廠方指出：第一，在執行豌豆大封鎖期間，廠方根本拿不到任何豌豆；第二，除非街道恢復秩序，否則廠方根本找不到卡車運送豌豆。這兩點都是事實，於是大部分工廠遵照指示關廠，打發員工回家，鎖上廠房——雖然有些人小小的抱怨了一番，有些人則是發出大大的牢騷。

大致來說，豌豆大封鎖進行得頗為順利，直到豆圖釘特偵隊一行人來到波西豌豆公司（**歡迎論兩、論斤、論噸購買**），老闆波西先生不肯輕易棄守。

雖然三十一年來波西先生的廣告詞始終是「歡迎論兩、論斤、論噸購買」，但是直到手推車戰爭這年的春天為止，他從來沒收過一噸豌豆的訂單，大部分都是論斤購買。波西先生在戰前收過的最大一筆訂單，是有個教會為了辦烤豌豆大會而訂了一百五十公斤的豌豆。

自從收到一噸豌豆的訂單，波西先生變得野心勃勃，腦子裡滿是擴充生意的計畫，自然不願意在廣告正要開始收效的這個時刻關閉工廠。

他用那筆一噸訂單的獲利買進大批豌豆，存貨量足夠撐過長期封鎖。另一方面，波西先生也不靠卡車運送分裝好的豌豆。

波西先生是個老派商人，他雇用手推車送貨。他發現比起卡車，手推車更能輕鬆穿過擁擠的街道，往往更快把貨物送到指定地點，而且收費便宜。那筆一噸的訂單就是由四台手推車送貨，總共運送二十袋五十公斤的豌豆。

所以既然有大量存貨又不需要靠卡車送貨，波西先生看不出有什麼理由要跟著關閉工廠。向他買豌豆的多半是以豌豆湯作為招牌菜的小餐館，他不認為豌豆湯和街上正在進行的戰爭有什麼牽連。

波西先生對和他一起經營工廠的波西太太說：「我們是一家和平的豌豆工廠。不先打倒我們，休想叫我們歇業。」

21 波西豌豆廠防衛戰

豌豆大封鎖的第二天早上，豆圖釘特偵隊抵達波西豌豆公司時，門後被五十公斤裝的一袋袋乾燥豌豆給擋住。

六名特偵隊員一起拚命用力推還是推不開門，隊長大聲下令：「開門！」

看到波西先生從工廠二樓窗戶往下瞪著他看，隊長解釋：「這是市長的命令。」

波西先生喊道：「本廠今日休業。你回去跟市長說。」

隊長說：「哎，快開門，因為我得讓你關門。」

波西先生說：「我現在正在忙。」

最後豆圖釘特偵隊不得不請求消防隊支援。消防車一路鳴笛呼嘯而來，吸引了一大群圍觀民眾。

兩名消防員舉起斧頭破門。波西先生看到消防員在劈門，就和妻子從二樓抓起五公斤裝的乾燥豌豆往下丟，攻擊消防員和豆圖釘特偵隊。

一名消防隊員和兩名特偵隊員被砸昏，另一名特偵隊員踩到在人行道上到處亂滾的豌豆而滑倒，手腕骨折。

等到消防員終於劈開了門，接著繼續劈開波西先生堆在門後的一袋袋五十公斤裝豌豆好開出一條路，一波豌豆狂潮奔流到街上，現場聚集的幾百個孩子興奮的紛紛撈起豌豆塞進口袋。

好不容易突破路障，這群特偵隊員已經氣得七竅生煙。他們抓住波西夫婦並且綑綁起來，因為波西夫婦不停的用一袋袋豌豆扔他們，所以不綁也不行。接著特偵隊長盤問波西先生，為什麼要擋住門不讓人進來。

這個時候波西先生的眼淚都快要掉下來了，他老實說出了原因：自己封鎖工廠是因為不想讓特偵隊關閉工廠。

可想而知，這個原因實在太過簡單，無法讓特偵隊長接受。隊長問他：「你是不是在裡面製造什麼違法物品？假鈔嗎？還是炸藥？」

「**炸藥！**」波西先生的語氣充滿不屑。「假如我有炸藥，幹嘛浪費這些上好的豌豆，把它們一袋袋從二樓往下丟？」

波西先生強調：「我們是百分之百合法的豌豆分裝工廠，廠裡只有豌豆和用來裝豌豆的五公斤、十公斤、五十公斤麻袋。要是你放開我，我可以帶你參觀我家的生意。」

「我們自己會看。」隊長命令兩個隊員搜查波西先生的工廠。

特偵隊員把工廠搜了個底朝天，但是除了五公斤、十公斤和五十公斤裝的豌豆，什麼也沒找到。一個隊員向隊長進言，說豌豆袋裡面可能藏著其他違法的東西，像是走私的鑽石。

「**鑽石！**」波西先生說：「你覺得我們會把鑽石從二樓往下丟嗎？浪費這麼多的豌豆已經夠糟了。」

但是隊長還是拿出一把摺疊刀，割開了十幾個五十公斤裝的豌豆袋，乾燥的豌豆像瀑布般流瀉而出淹沒了整個房間，淹到了豆圖釘特偵隊員的腳踝。

隊長下令仔細搜查這些豌豆，確認豆子堆裡確實沒有埋藏任何裝著鑽石的小袋子，或是珍珠、金塊，或者搞不好是鈾咧。剛才提到鑽石的那個隊員現在滿心希望自己當初沒開口。

結果什麼也沒找到，反而讓隊長更加疑心。他要手下把波西先生的帳本拿來。

等到隊長仔細翻完記錄著三十一年來每筆生意的帳本，他才開始感到有點不好意思。帳本清楚顯示波西先生做生意這麼久的時間以來，唯一賣過的產品就是乾燥豌豆。

隊長看到大部分訂單都是五公斤或十公斤，才意識到波西先生必須非常努力工作，靠著小生意餬口，他卻無緣無故把波西先生的工廠破壞得亂七八糟。

隊長正要闔上帳本向波西先生道歉的那一刻，他的目光恰巧落在溫妲・甘寶琳那筆一噸的豌豆訂單上。他會注意到這筆紀錄，完全是因為和波西先生平常的訂單相比之下，這條帳目顯得異常龐大。

隊長問：「這個溫妲・甘寶琳該不會是那個電影明星吧？」

「為什麼不會是她？」波西先生說：「波西公司的豌豆品質可是遠近馳名。」

隊長問：「電影明星買一噸豌豆做什麼？」

「我怎麼知道？」波西先生說：「我才不會過問顧客私人的事。說不定她想種一片豌豆田打發時間。或者說不定她要開一座豌豆湯工廠。」

「或者是一座豌豆槍工廠？」隊長笑著說。

「說不定喔。」波西先生說。

「說不定喔。」隊長表示同意，「好啦，波西先生，我想我們已經打擾你夠久了。」

隊長將波西夫婦鬆綁，然後向波西先生解釋，就算他的豌豆工廠百分之百合法，還是必須停業到豌豆大封鎖結束。

波西先生說：「現在怎麼樣都沒差了。你把我的工廠弄得一團糟，花上一個月都清理不完。」

「**說不定喔！**」隊長突然大叫起來，「說不定喔！說不定喔！」

波西先生喊道：「什麼說不定，這團亂一定得花上一個月清理啊！」

「不不不，」隊長說，「別管什麼亂了。我的意思是，說不定真是一座豌豆槍工廠。我是指溫妲・甘寶琳的事。」

波西先生問：「溫妲・甘寶琳要一座豌豆槍工廠幹什麼？」

隊長說：「有何不可？我是說，誰知道呢。你還留著開給溫妲・甘寶琳那一噸豌豆的帳單嗎？」

波西先生說：「我有副本。」

「讓我看看。」隊長下令。

帳單收受人是廣場飯店的溫妲・甘寶琳小姐，不過隊長注意到這一噸豌豆並不是送到溫妲・甘寶琳在飯店下榻的套房，而是送到麥西・漢默曼的工作室。

隊長指著麥西的地址說：「啊哈！」

「啊哈什麼？」波西先生一頭霧水，看不出這筆訂單有哪裡不對勁。顧客叫他送貨到哪裡，他就送到哪裡，這有什麼好奇怪的？

隊長說：「麥西・漢默曼，這就對了。」

「所以呢？」波西先生說：「說不定這是生日禮物。話說誰是麥西・漢默曼啊？」

除了手推車小販和麥西的親友，紐約市認得麥西的人寥寥可數，湊巧的是，豆圖釘特偵隊長剛好是其中之一。

「麥西・漢默曼，」隊長一面沉思一面回答：「他可是手推車之王。」

22 突襲手推車祕密基地

麥西・漢默曼沒有料到豆圖釘特偵隊會突襲他的工作室。不用說，特偵隊在他的地下室找到了存放在那兒的豌豆槍和所有彈藥。

特偵隊沒收了大約五百管豌豆槍和半噸豌豆針，並且逮捕了麥西・漢默曼。除了溫妲・甘寶琳，沒有證據顯示其他任何人涉案——而溫妲本人正在非洲度假一星期，所以沒有其他任何人被捕。

麥西被捕的消息一傳開，手推車小販人人自危。天黑之後，五、六十個小販在曼哈頓大橋下的一塊空地碰頭，討論目前的情勢。大家都有隨時會被逮捕的心理準備。

培瑞茲老爹說：「有什麼好討論的？我們打了一場很棒的戰爭，但是現在戰爭結束只是時間的問題而已。」

然而安娜將軍拒絕驚惶失措，她義正詞嚴的質問：「這說的是什麼話？不過是沒收了一些豌豆槍，忽然間所有人都準備要投降了。這算什麼**軍隊**啊？難道我是這樣一支軍隊的將軍嗎？」

花販莫瑞斯說：「可是情況看起來不太好。」

「**好！**」安娜將軍嗤之以鼻。「你以為打仗是去郊外野餐，大家都開開心心的？」

安娜將軍指出：「好幾個星期以來，我們同心協力讓卡車節節敗退，一場勝利接著一場勝利。現在只不過是一次小小的挫折。」

「**小？**」耶路撒冷先生說：「被沒收五百管豌豆槍是小挫折？」

安娜將軍說：「豌豆槍就讓警察保管吧。反正現在我們也沒在用。」

「但是他們抓走了麥西。」花販莫瑞斯提醒安娜將軍。

「他們還抓了賣花的法蘭克。」安娜將軍說：「賣花的法蘭克光是坐在牢裡，就能讓那些卡車好看。好漢到哪裡都是好漢一條。我很確定，麥西・漢默曼可不想坐在警察局裡等著聽到我們投降的消息。」

培瑞茲老爹問：「那我們怎麼辦？」

「第一，不要投降。」安娜將軍說：「第二，我會想出來的。」

之後，安娜將軍在橋下來回踱步了將近十分鐘，獨自沉思。

安娜將軍思考的同時，其他小販漸漸恢復信心。艾迪・摩洛尼和卡洛斯蒐集了一些零碎木柴生起營火，熱狗哈利把推車推到營火邊，打開幾袋熱狗放在火上烤。卡洛斯唱起西班牙歌曲，他說那是他兒子編的歌，叫作〈幹掉一千台卡車的男孩〉，三十六句歌詞都是西班牙文，唱到副歌的「*Bravo, bravo, bravo!*」（讚啊！）時，所有人齊聲高唱。

「*Bravo!*」安娜將軍也加入了營火旁的其他人。

培瑞茲老爹說：「你想到好辦法了嗎？」

安娜將軍說：「我要和麥西・漢默曼交換意見。」

耶路撒冷先生問：「怎麼交換？」

安娜將軍說：「我要把訊息放在蘋果裡傳給他。艾迪・摩洛尼，你的刀子借我。」

安娜將軍從她的推車上挑選一顆大蘋果，用艾迪的刀子小心翼翼的挖出果核。然後在紙條上寫下簡短的字句，把紙條塞進蘋果裡，再把切掉一公分的果核放回原位。

培瑞茲老爹說：「就像瓶塞一樣剛剛好。但是我們要怎麼把蘋果送給麥西呢？」

安娜將軍回答：「我會請警察局長轉交給他。應該沒有法律規定，不准老太太送蘋果給不幸坐牢的朋友吧？」

艾迪・摩洛尼問：「給麥西的訊息說了些什麼？」

「作戰策略。」安娜將軍堅定的回答，然後親自把蘋果送往警察總局。

警察局長早就對民眾送訊息給囚犯這種事司空見慣，他告訴安娜將軍他會轉交這顆蘋果，但是在送出去之前非常仔細的檢查了一遍。

他發現蘋果核鬆鬆的，於是把果核抽出來看了裡面的紙條，不過他不覺得傳送這張紙條會造成什麼危害。

警察局長把蘋果交給麥西的時候還提醒他：「吃蘋果前記得把紙條拿出來。」

麥西・漢默曼看到蘋果裡面的紙條，露出了笑容。上面寫著：「**祝你好運！你大拇指上的水泡還好嗎？你的朋友安娜。**」

麥西回信寫道：「**謝啦！水泡沒事。幫我向大家問好。你的朋友麥西・漢默曼。**」

警察局長讀了回信，說他會負責轉交給麥西的朋友安娜。

「麥西說什麼？」安娜將軍一收到回信，培瑞茲老爹就迫不及待的詢問。

安娜將軍說：「他向大家問好。」

「就這樣？」花販莫瑞斯問。

安娜將軍回答：「其他是作戰策略。」所有人聽了士氣大振。

另一方面，賣花的法蘭克也有自己的一套作戰策略。他從獄警那兒聽說了麥西工作室遭遇突襲，馬上寫信給警察局長向他報告，豆圖釘特偵隊沒收的那些彈藥都是法蘭克自己的，他的朋友麥西・漢默曼只是好心讓他把東西寄放在地下室。

警察局長一接到法蘭克的報告，立刻前往法蘭克的囚室親自盤問他。

法蘭克解釋，他是麥西多年來的忠實顧客：「我向麥西・漢默曼買了三台手推車，每次壞掉都是找他修理。」

警察局長很願意相信賣花的法蘭克。就警察局長看來，如果說一個射擊了一萬八千九百九十一台卡車的人有五百把豌豆槍藏在某個地方，也不是什麼不合理的事。除此之外，警察局長並非一心一意想要破獲牽連廣泛的陰謀，因為這樣一來會使他顯得像個豬頭，而且也會增添很多麻煩。

不幸的是，豆圖釘特偵隊在麥西工作室發現的，不只是法蘭克宣稱屬於他的那些子彈，還有麥西那張插滿紅色和金色豌豆針的大地圖。警察局長不得不承認，這張地圖以及麥西寫在地圖邊緣的註記，看起來確實非常可疑。

那些註記（麥西的神射手名單）寫著：「熱狗哈利——二三〇；艾迪・摩洛尼——一七五；安娜將軍——一六〇（徒手）」。

警察局長看不懂這些註記到底是什麼意思，但是他猜測是和地圖有關的「密碼」。他對著這張地圖研究了好一陣子，然後要人把麥西・漢默曼帶到他的辦公室接受偵訊。

23 偵訊手推車之王

警察局長盤問了麥西・漢默曼不少細節，麥西非常合作，有問必答。以下是紐約市警局記錄在案的口供：

警察局長： 賣花的法蘭克說，他是你的朋友。

麥西・漢默曼： 是啊。我到處都有朋友。身為手推車之王，我自然認識手推車這一行的每一個人。

警： 大家為什麼叫你手推車之王？

麥： 這是個榮譽頭銜。因為我爸是手推車之王，我接手了他的生意。其實我爺爺也是手推車之王。

警： 賣花的法蘭克說，你讓他在你的地下室寄放一些東西。

麥： 是啊。能夠幫忙朋友的話，我都很樂意。

警：你會說賣花的法蘭克是神經病嗎？

麥：我幹嘛說朋友的壞話？他的麻煩已經夠多了。

警：我在你那裡找到一張看起來像是紐約市的地圖。

麥：擁有紐約市的地圖犯法嗎？

警：不犯法。但是我想知道為什麼你的工作室要掛這張地圖。

麥：做生意囉。這其實是業績圖。身為手推車之王，我得全盤了解手推車這一行做生意的情況。

警：地圖上插的豆圖釘是做什麼用的？

麥：那不是豆圖釘。我這輩子從來沒看過什麼豆圖釘。我釘在地圖上的是豌豆針。

警：隨便你愛怎麼叫都可以。但是這些和我們在卡車輪胎裡發現的豆圖釘一模一樣，也和你讓賣花的法蘭克寄放在地下室的豆圖釘一模一樣。

麥：不，才不一樣呢。如果你仔細檢查，就會發現我釘在地圖上的針是紅色的，少數是金色的。在卡車輪胎裡發現的那些針是白色的。至少我看報紙上是這樣寫的啦。

警：不管紅色、金色或白色，為什麼插在地圖上？

麥：你看月曆上的假日不是都用紅色標示嗎？用紅字表示好日子，在我這一行的說法是

「紅針日」，意思是一樣的。如果有哪台手推車的生意很好，我就用紅色的豌豆針在地圖上標出生意好的地點。如果生意超級好，就用金色的針。這樣我就能清楚知道整個紐約市哪裡生意最活躍。

警：奇怪的是，你的地圖上生意最活躍的地點，和卡車爆胎最多的地點一樣。

麥：這很合理啊。卡車拋錨，交通就堵塞，人們沒辦法出城或進城到店裡買東西。像這種時候，很多人會就近向四周的手推車買東西。所以有爆胎的地方，手推車的生意特別好。

警：那你在地圖底下寫的東西是什麼意思？「熱狗哈利——二三〇」？

麥：我經常寫註記。這一條是要提醒我自己，我答應熱狗哈利，他留下來修理的推車大概會在二三〇修好，意思是下午兩點三十分。

警：那「艾迪・摩洛尼——一七五」的意思就是艾迪・摩洛尼的推車會在下午一點七十五分修好囉？

麥：當然不是。根本沒有一點七十五分這種時間嘛，你知道的。這個一七五是要提醒我自己，我跟艾迪・摩洛尼說幫他的推車換兩個新輪輻的價錢是一・七五美元。

警：那麼「安娜將軍——一六〇（徒手）」又是什麼意思？

麥：「徒手」是安娜將軍的特別要求。這一條是要提醒我，必須徒手修理安娜的推車。安娜不願意在她的推車上使用任何電動工具。這台車最早是我爸爸在四十二年前用手工製成，所以安娜堅持修理時也要「純手工」，就像這台車當初打造的方式。我可以用鎚子、鋸子、螺絲起子，只要是用手操作的工具都可以。對我來說是沒問題啦，我喜歡用手工作。

後來警察局長向卡德市長報告他已經徹底盤問過麥西・漢默曼，並未發現任何需要繼續拘留的理由。

24 邪惡的綁架陰謀

聽到麥西・漢默曼被釋放的消息，卡車司機氣壞了。三巨頭於五月十七日碰面開會，大莫、威虎和路易・利佛昆決定親自出馬，他們的計畫包括綁架麥西・漢默曼。

這項陰謀被一名清潔婦揭露。當卡車三巨頭在躍馬公司的辦公室密謀對付麥西時，這個名叫米莉安・玻萊特的年輕女孩正在打掃隔壁辦公室。說來湊巧，要不是因為米莉安利用休假的晚上去上成人教育的速記課程，她也不會去注意從路易・利佛昆辦公室敞開的氣窗傳出來的討論聲。

米莉安・玻萊特學速記是希望能找到比現在更好的工作，她的理想是找一個白天上班的辦公室工作，這樣才不會錯過晚上的電視節目。

三巨頭在路易・利佛昆辦公室開會那天晚上，米莉安・玻萊特當週的速記作業剛好是做會議速記。這項作業讓米莉安很頭大，因為她晚上要工作，沒什麼機會參加會議。

所以當米莉安發現有人正在隔壁辦公室舉行會議時，她就坐在外面的走廊上，用水桶當椅子，速記了整場會議的內容，就寫在她從廢紙簍找到的一些空白訂單背面。米莉安寫下的速記稿正本（現在通稱為〈玻萊特文件〉）目前隸屬於紐約公共圖書館的珍稀文件館藏。這份稿件經過米莉安速記老師「翻譯」之後，內容如下：

會議速記

記錄者：米莉安．玻萊特，西渥埔高中成人教育2G班

切爾文斯基老師您好：有四個男人*正在開會，他們的名字是大莫、華特、威虎、路易。我沒有記錄到會議的開頭，因為我得先找到紙和筆。不過他們一開始是在談女士的帽子和一個電影明星的事，我想這不是重要的會議內容。

我認為重要的部分是從路易先生說「我們來談正事吧！」才開始。這個時候我已經找到幾張紙和鉛筆，開始記錄了。

---

*米莉安在紀錄中提到的「華特先生」和「威虎先生」其實是同一人，所以我們可以斷定只有三個人（三巨頭）在開會。由於大莫用「威虎」稱呼華特．司威特，而路易．利佛昆則稱呼他的名字「華特」，導致米莉安以為辦公室裡有四個人。

會議內容

路易：我們來談正事吧！是你召開的，大莫。要談什麼事？

大莫：是麥西・漢默曼的事。我不管警察局長說什麼，很明顯這是手推車的陰謀。

華特：這個推測有道理。手推車比全紐市任何人更有理由和卡車作對。警察局長不知道，但是我們可清楚了。

大莫：所以我們必須揭穿手推車的陰謀。

路易：為什麼要揭穿？一揭穿，就可能揭穿事情是從卡車撞手推車開始的。

大莫：那你建議怎麼做呢，路易？

路易：我們有個整體改造方案，對吧？我不想再浪費時間在手推車上了。

大莫：當然，我們全都支持這個躍馬整體改造方案。方案的第一部分就是除掉手推車。除非先解決手推車；否則我們沒辦法讓卡車上街、實行方案的第二部分。

路易：要解決手推車很簡單。很明顯的，麥西・漢默曼就是手推車陰謀的幕後主腦。只要除掉他，剩下的小販就會投降。我很了解手推車小販，他們沒什麼鬥志。有鬥志的人哪會去做手推車這種小生意？

威虎：有些人就喜歡小生意。他們說可以認識顧客。

路易：顧客！誰想認識顧客啊？根本是因為他們沒膽做大生意。我可以保證——一旦群龍無首，手推車小販就會束手就擒。

大莫：所以就像路易說的，我們必須除掉麥西・漢默曼。但是要怎麼做呢？

路易：我們綁架他，然後再做選擇。

大莫：選擇？

路易：選擇要怎麼擺平麥西・漢默曼。我們可以折磨他，直到他答應向警察局長坦白招供，讓全市所有手推車小販都被抓去關。如果他不願意招供，可以直接讓他消失，我們再一一擊破剩下的手推車。

威虎：我們要殺光**全部的**手推車嗎？畢竟還有汽車、計程車和公車也很礙事。就像你說的，路易，為什麼要浪費時間在手推車上？

路易：這叫作殺雞儆猴啊。

威虎：什麼「警猴」？

路易：就是警告的意思啦，警告汽車和計程車，看看不讓路給卡車是什麼下場。等到我們開始對付汽車時，事情會更棘手。卡車比較大，但是全市有四百萬輛汽車。如果全市到處都在竊竊私語：「記得手推車的下場嗎？」對我們會比較有利。

大莫：你聽懂了嗎，威虎？

路易：如果我們要對付四百萬輛汽車，在開始攻擊之前，得先讓他們嚇得半死。他們現在有一點害怕，但是還沒有害怕到無條件投降。

華特：說實話，我不是很熱中於對付汽車。

大莫：但這是整體改造方案的主要精神。

路易：你得想遠一點，華特。街上沒有足夠的空間容納每一個人。明明可以搭公車，根本不該讓汽車滿街跑。除掉汽車，我就可以多放兩百台躍馬上街。大莫可以加開五十台巨象，象媽媽和象寶寶更是不知道可以增加多少。威虎公司也可以加開多一倍的十噸威虎。

威虎：坦白說，我現在的卡車夠了。我只是覺得交通太亂。

大莫：這就是重點啊，威虎。交通太亂，我們要是不先下手為強，其他所有人就會想要除掉卡車。

路易：你瞧，華特，整體改造方案其實是為了自衛。我們別無選擇。

華特：我想你說得對，路易。所以我們的計畫是先解決手推車，然後是汽車。

大莫：再來是計程車。

路易：最後是小型卡車。

威虎：卡車！但是我們的改造方案不就是為了讓卡車安全上街嗎？

路易：是大卡車。小卡車和汽車、計程車一樣討厭，毫無效率。一台躍馬抵得過五台小卡車。小卡車和手推車一樣糟糕。

大莫：路易說得對。華特，你不必為小卡車掉眼淚。

華特：但是我們沒有跟卡車司機說小卡車是整體改造方案的一部分。市內有一半的卡車是小卡車。如果他們知道最後會輪到他們倒大楣，很多司機就不會加入戰線了。

大莫：所以我們有誰會跟他們說？聽好了，威虎，我們三個是很久的老朋友了，但要是你繼續像個小生意人講這種小家子氣的話，我就要說兩個腦袋勝過三個腦袋了。

路易：很久以前我們就一致同意了整體改造方案。早在猛獁象公司的祕密會議之前。

威虎：路易，但是你告訴我們方案內容的時候，並沒有提到小卡車的部分啊。

路易：我是後來才想到的。反正我們得先處理掉汽車和計程車，然後才會進入小卡車的部分。而在那之前，我們得先解決掉麥西・漢默曼。

華特：誰負責綁架麥西？

大莫：我們可以每人派出六個司機。

路易：不行。這件事越少人知道越好。我們自己動手。
威虎：就我們三個？
大莫：三個人綁架一個毫無防備的人，難道還不夠？
華特：什麼時候下手？
路易：我下週五晚上有空。
大莫：但是週五晚上我們要和市長打牌。
路易：跟市長說我們晚點開始。
大莫：好吧。那我們要怎麼綁架麥西・漢默曼？
路易：需要出動一台躍馬嗎？
大莫：不用，路易。像這種小卡司不需要用到卡車。開我的義大利防彈車吧。

記錄到此，末尾寫著：

附記：我沒有待到會議結束，因為我還有三間辦公室要拖地，但是我想這樣應該就差不多了。

在米莉安・玻萊特眼中，路易・利佛昆辦公室舉行的這場會議不過是一場普通會議。她對卡車業和手推車業一無所知，也沒聽說過正在進行中的戰事，因為她不看報紙，而且因為每天都工作到很晚，所以總是趕不及收看晚間新聞。

米莉安只是單純記下三巨頭在會議中的發言，然後把紀錄交給速記課程的老師。她半點也不知道自己正置身於一個重大的歷史場景。

不過呢，米莉安的速記老師確實會看報紙，而且從不錯過電視上每一個新聞節目。除此之外，這位老師就住在艾迪・摩洛尼隔壁，每週二晚上都會和艾迪一起打保齡球。可想而知，他熟知手推車和卡車之間的種種紛爭。

所以，當米莉安繳交了速記作業，老師馬上看出這份文件非常重要。他重新謄寫這份速記稿（或者至少是他看得懂的部分），然後交給艾迪・摩洛尼，接著艾迪又傳給麥西・漢默曼。毫無疑問的，這份文件救了麥西一命。

25 一個腦袋勝過三個腦袋

對於這樁綁架陰謀，麥西・漢默曼的應對方式是手推車戰爭中最讓人稱道的高明謀略之一。起初艾迪・摩洛尼看不出他的用意。

當艾迪把米莉安・玻萊特速記的卡車三巨頭會議紀錄交給麥西時，他建議麥西把紀錄交給報社記者。

艾迪說：「如果報紙披露羅馬的整體改造方案，就可以讓社會大眾清楚看到是誰在搞鬼。」

麥西笑了：「誰會相信呢，艾迪？三個男人計畫幹掉紐約市全部的汽車和計程車？沒有人會相信這麼荒謬的事。三巨頭一定會矢口否認，接下來唯一會發生的事，就是我會更快消失。」

艾迪說：「或許你說得對。但無論如何，至少下週五晚上你不會消失。既然我們知道了這個陰謀，下週五晚上你可以離開工作室，躲得遠遠的。」

麥西說：「我才不會躲咧。」

艾迪問：「難道你不相信這個陰謀嗎？」

「說真的，我相信。」麥西說：「但是我也相信另一件事——我相信贏得戰爭的唯一途徑，就是置身於即將發生戰事的現場。」

「現場？」艾迪問。

麥西回答：「現場就在我的工作室，就等大莫開義大利防彈車來找我。」

「喔。」艾迪說：「這樣的話，還得有一些人在現場。星期五晚上三巨頭來找你的時候，熱狗哈利、花販莫瑞斯、卡洛斯和其他兩、三個人會在工作室後面的房間等著迎接他們。」

「不用，」麥西說，「我自己迎接他們就行了。」

艾迪說：「但是這樣會變成三打一耶。」

麥西說：「我想賭一賭：一個腦袋有時候勝過三個腦袋。」

艾迪說：「要賭可以，但是我們輸不起你的腦袋。星期五晚上我會來看著你賭，以防萬一出了什麼緊急意外之類的。」

「好吧。」麥西說：「有你在，我也比較安心。尤其是你以前在馬戲團工作過，一定能在發生緊急事故時應付獅子和老虎。」

艾迪說：「可我只負責幫馬戲團寫海報。」

麥西說：「不要緊，這項工作更需要用腦袋。」

艾迪說：「不管怎麼說，我還是覺得星期五晚上除了我以外，再找一、兩個人來比較好。」

麥西說：「謝謝你的建議，但是我希望你暫時不要把清潔婦那份會議紀錄的事告訴其他同伴。對了，你會玩撲克牌嗎？」

艾迪說他會玩。

「好。」麥西說：「星期五晚上七點，帶一副新的撲克牌過來。」除此之外，麥西沒有向艾迪・摩洛尼透露其他細節。

接著，麥西打電話給警察局長。由於之前麥西是在和平友好的氣氛下和警察局長告別，所以他邀請局長週五晚上到他的工作室來玩一場撲克友誼賽。

警察局長說：「我只玩賭錢的。」

麥西說：「我也喜歡賭錢。」

警察局長一口答應，一方面也是因為他還想問麥西一些關於賣花的法蘭克的事情。

警察局長說：「老實說，我對神經病的經驗不多，但是就我看來，賣花的法蘭克應該還有救。」

「應該是吧。」麥西說：「我會知無不言的。」

星期五晚上，到了卡車三巨頭預定去綁架麥西・漢默曼的時間，麥西正坐在工作室後面的房間，和他的朋友艾迪・摩洛尼還有警察局長玩起撲克牌。警察局長剛拿到四張A時，房間的門被打開，大莫、威虎和路易・利佛昆走了進來，三個人的手都插在大衣的右口袋，這個動作讓艾迪・摩洛尼猜測他們全都拿著槍。

卡車三巨頭看到警察局長非常驚訝，一時難以決定該不該把手從口袋裡抽出來。警察局長則是從來不浪費口舌和把手插在大衣口袋裡的人寒暄，他一躍而起，馬上拔出了自己的槍。

不過警察局長還沒來得及開槍，麥西就走到前面說：「哈囉，大莫。哈囉，路易。哈囉，威虎。我正在等你們呢。」

卡車三巨頭從來沒見過麥西・漢默曼本人；就他們所知，麥西也沒見過他們，但是麥西卻直呼他們的名字，連路易・利佛昆都被他嚇到了。這時麥西伸出了手，路易別無選擇，只能把手抽出口袋，和麥西握手。

「這是我的朋友警察局長。」麥西為雙方介紹：「局長，他們是我的好朋友，順道過來和我們一起玩牌。」

「莫・猛獁是你的朋友？」警察局長還在氣大莫對報社記者說他是豬頭。

麥西說：「只是玩撲克的朋友。我們立場不同，但是會一起玩玩撲克。」

麥西繼續向警察局長解釋：「您或許知道，大莫、威虎和利佛昆先生週五晚上通常會和卡德市長一起打牌。今天他們改到我的工作室來，我們應該感到很榮幸。」

三巨頭還沒搞清楚這是怎麼回事，艾迪・摩洛尼已經很有禮貌的一一幫他們脫下大衣，掛在最靠近麥西的牆上。警察局長則是把槍收回槍套，但是轉念一想，又把槍放在手邊的桌上。

麥西一邊洗牌一邊說：「開始玩牌之前，有一件小生意要先處理一下。」

三巨頭不安的交換眼神。

「什麼生意？」大莫問。

麥西問：「你有把那輛義大利防彈車開來嗎？」

聽到「防彈車」三個字，警察局長又把手放在槍上。

「沒什麼好擔心的。」麥西向警察局長保證，「大莫答應把他的義大利防彈車賣給我，因為他用不到。反倒是處在我這種情境的人應該小心為上。」

麥西問大莫：「你把車子停在外面嗎？」

大莫警戒的回答：「就停在工作室前面。」

「好。」麥西說：「或許我應該請我的朋友警察局長對著車身開上一、兩槍，測試是不是真的防彈。不過算了，我相信你。」

麥西從口袋拿出一張支票放在桌上。「這是一張十四・五美元的支票，支付莫・猛獁先生義大利防彈車的款項，沒錯吧？」

「大莫用十四・五美元賣一台防彈車給你？」警察局長很懷疑。

「那是二手車。」麥西說：「而且我們是朋友。」他把支票滑過桌面推向大莫。

大莫看著路易・利佛昆，想看出他有什麼指示，但是路易直勾勾的盯著警察局長拍打槍柄，無暇分神提供建議。

「拿吧。」威虎低聲耳語。

於是大莫收下了支票。

麥西又說：「如果可以，請開張收據給我，就寫『一台二手義大利防彈車，全額付清』，然後我們就可以開始玩牌了。」

艾迪・摩洛尼遞給大莫一枝筆，大莫只得寫下收據。

「希望大家這個星期的生意都不錯，能夠出得起大注，」麥西一邊發牌一邊說：「因為我向我的朋友警察局長保證會有精采的賭局。」

「希望如此。」警察局長對著大莫皺眉，「我最不喜歡有人在記者面前說大話，卻在牌桌上小里小氣。」

看著警察局長放在桌上的槍，而他們的大衣掛在麥西・漢默曼旁邊的牆上，三巨頭可不想因為下小注而觸怒警察局長。幸好這是週五晚上，三巨頭的口袋裡放著一整週賺到的全部利潤，準備帶回家去。

「當然啦，這個星期的生意很糟。」為了預防警察局長覺得他們下的注不夠大，大莫先把醜話說在前頭。

警察局長贏了前三局，總共進帳兩百三十七美元，大都是三巨頭的錢，因為艾迪和麥西前三局沒下多少注。

麥西對警察局長說：「以一個豬頭來說，你的撲克牌玩得很好了。」

警察局長並不介意麥西說他是豬頭。

下一局艾迪贏了路易・利佛昆四十二美元。路易有三張Q，艾迪只有兩張J，但是艾迪打定主意絕不對路易示弱，搞得路易很緊張而輸牌。

接下來麥西・漢默曼開始贏牌，而且連贏十局，一次比一次贏得多，因為三巨頭不斷加注想要嚇阻麥西。光是最後一局，麥西就贏了一萬三千五百美元，全部加起來更贏了超過六萬美元。

大莫輸了最多錢給麥西，他甚至拿麥西開給他的十四・五美元支票下注，結果還是輸了。到了這個地步，牌局不得不結束，因為三巨頭全都囊空如洗。

「我說，這才是真正的陰謀啊。」警察局長一邊笑著說，一邊幫麥西把六萬美元分成十元、五十元和一百元一疊的紙鈔。大莫看起來蠢到家了，所以警察局長對麥西贏了這麼多錢沒有半分妒忌。

他對大莫說：「還有，如果你想要我調查這個陰謀，我會很樂意花點時間，因為我也想知道麥西・漢默曼怎麼能在十局撲克牌中贏這麼多錢。」

後來警察局長提議用警車送三巨頭回家，因為他們連坐公車的錢都沒了。局長說：「要是有人看到你們坐在警車裡，我會向他們解釋你們不是犯人。」

26 敵方贊助戰爭基金

有人說麥西・漢默曼是一個超級幸運兒；在三巨頭前來綁架他的那天晚上之所以能夠全身而退，純粹是因為運氣。麥西對自己在手推車戰爭中的貢獻始終很謙虛，如果只聽他自己描述那場贏了六萬美元的牌局，你很容易以為他是個瘋狂的賭徒，交上好運，才拿到一手好牌。

不過當時人在現場的艾迪・摩洛尼提出見證，說牌局的每一步其實都在麥西的掌控之中。三巨頭跟著警察局長一起離開之後，艾迪和麥西之間有一段對話。

艾迪和麥西兩人一起喝冰淇淋汽水，艾迪問麥西：「我也想知道，麥西，你怎麼能在十局撲克牌中贏這麼多錢？我很清楚你打牌從不作弊。」

「很簡單。」麥西說：「我會贏這麼多錢是因為威虎和大莫都有點怕路易・利佛昆，因為他是擬定一切計畫的人，但是他怕我。」

麥西接著解釋：「路易怕我，是因為他知道我大可指控他強行闖入，要警察局長當場開槍，但是我沒有這麼做，反而假裝他們三個是我的朋友，好讓路易・利佛昆知道我不怕他。這反倒讓路易很害怕，因為這意味著要不是我比他聰明，就是我有更好的計畫——比讓警察局長開槍更好的計畫。」

「所以囉，」麥西露出微笑，「路易・利佛昆的心思無法專注在牌局上。大莫和威虎看出路易的緊張，這讓他們心生惶恐，結果三人全都玩得七零八落。」

麥西繼續說：「另一方面呢，我可是玩得很小心呢。」

艾迪說：「牌局贏得漂亮。但我還是不懂，你為什麼不乾脆讓警察局長開槍？一定會把他們嚇得半死。」

「是沒錯，」麥西說：「但是這違反了我的戰爭哲學。」

「怎麼說？」艾迪問。

麥西解釋：「你應該還記得，路易・利佛昆認為只要綁架我，手推車小販就會失去鬥志。」

「才怪！我們的鬥志會更高昂！」艾迪・摩洛尼義憤填膺的說。

「當然。」麥西表示贊同。

「同樣的，」麥西繼續提出他的論點，「就算我們除掉大莫、路易和威虎，還是會有一百萬個討厭手推車的卡車司機。另外，三巨頭後面一定有三個人恨不得看到大莫、路易和威虎消失，好讓他們接手成為新的三巨頭。我隨便都可以講出十二個人的名字，他們會為了爭奪三巨頭的位置打得頭破血流。」

麥西接著往下說：「我的想法是，如果非得有敵人，最好是你已經熟悉的人。這樣比較容易猜到他們的動向。」

麥西又說：「還有啊，最好是已經變得有點怕你的人。」

麥西撈起他贏得的六萬美元，塞進一個舊工具箱，然後把手指伸進輪軸油罐蘸了點油，在箱子側面寫上**戰爭基金**幾個大字。

艾迪問：「這是做什麼用？」

麥西繼續說：「我的戰爭哲學呢，就是要有錢才打得贏。只要有充分的理由，人人都願意全力作戰。那很好。但是總會有那麼一天，當你沒錢買豌豆，或是針，或是用來當子彈的任何東西，當你沒錢修理手推車，或是在戰爭中受傷了沒錢看醫生，或者是因為不能正常工作所以沒錢拿回家——總會有這樣的時候。」

麥西說：「遇到這樣的時候，我們有這筆戰爭基金。任何人如果付不出錢給我修理手推車，都可以從這個箱子裡拿錢。沒有人會盤問任何問題。只要是和我們並肩作戰的人，就可以動用這筆錢。」

艾迪問：「你的意思是，我們拿你在牌局贏來的錢讓你修理我們的手推車？」

「誰知道這是我的錢呢？」麥西・漢默曼說：「不必讓任何人知道。就說是我們收到的戰爭捐款。」

艾迪問：「但是誰會捐款給我們？」

「為什麼不會？我可是手推車之王，國王總是拿得到捐款。」麥西說。

「而且一個國王呢，」麥西看起來對自己的做法非常滿意，「會在戰爭時照顧人民。你應該也知道這一點。」

艾迪從口袋掏出從路易・利佛昆那兒贏來的四十二美元，交給麥西・漢默曼。艾迪說：「這是捐款。」

艾迪又補上一句：「獻給手推車之王，為了手推車戰爭。」

27 卡車司機宣言

綁架麥西・漢默曼的陰謀失敗以後，三巨頭不急著再次和麥西直接交手，他們決定換個方式攻擊手推車。

三巨頭召集全市的卡車司機開會，在會議中擬定了一份宣言上呈卡德市長。這份宣言指稱麥西・漢默曼的地圖以及在地下室起出的彈藥，構成了手推車集體陰謀的鐵證。

宣言中提出四項要求：

一、逮捕本市所有手推車小販。

二、鑑於手推車對全紐約市造成的危害，應永久禁止手推車上街。

三、手推車陰謀的主腦麥西・漢默曼罰款六萬美元，並入獄服刑六十年。

四、開除紐約市警察局長，因為可合理推斷其參與整個陰謀。

卡車司機提出警告：如果市長不立刻採行以上建言，他們將不得不對手推車宣戰。

卡德市長馬上把警察局長找來，把這份宣言念給他聽。

「你希望我怎麼做呢？」局長問：「如果你開除我，我就沒辦法逮捕那些小販了。」

市長沒有想到這點，他說：「我認為逮捕手推車小販應該足以安撫卡車司機，至少做到了宣言的第一點。」

警察局長說：「不管怎樣，我不能逮捕手推車小販。根據麥西・漢默曼的說法，全市有五百零九個手推車小販，我們可沒那麼多空牢房。」

警察局長繼續說：「再說，就算**真的**有手推車集體陰謀，我們也不可能證明哪些卡車是因為這個陰謀而被手推車小販惡意射擊、哪些卡車又是因為小孩子純粹出於好玩而被射中。」

警察局長反問：「難道你想要我也逮捕全部的小孩嗎？包括那些爸爸是卡車司機的小孩？」

「不要，不要！」市長說：「只要逮捕手推車小販。」

警察局長說：「是喔，總之我不會在毫無證據的情況下逮捕任何人，包括麥西・漢默曼，他是一位紳士、好牌友，也是好商人。一旦我開始不講證據就亂逮捕人，有什麼可以阻止我逮捕你呢？」

「逮捕**我**？」市長緊張起來，可憐兮兮的問：「那我該怎麼辦呢？這份宣言有五萬個卡車司機簽署，代表五萬張選票，你知道的。」

警察局長說：「我建議你立即宣布休戰，直到整個陰謀查個水落石出。這段期間如果有哪個手推車小販違反休戰協定，我一定會逮捕他——但是在此之前我不會隨便逮捕任何人。」

28 休戰

休戰期間對手推車小販來說是一段格外艱困的時期。他們贏了初期的戰役，但還沒真正贏得這場戰爭。他們知道在一個星期內所有卡車輪胎都會修好，大批卡車會再次回到街上、火力全開，而且比之前更刻意找手推車的麻煩。

事情正如他們的預料——一週之內，麥西・漢默曼的店裡擠滿了各式各樣需要修理的手推車。要不是有麥西的戰爭基金，很多小販可能會完全喪失鬥志。

有一天，安娜將軍的推車被一台卡車擠向路邊，還撞掉了一個輪子。麥西說安娜得換一台新車，因為車軸損壞到無法修理。

手推車小販開會討論對策。花販莫瑞斯猛力一敲桌面說：「竟然衝撞女士，實在是太過分了！這算什麼休戰啊？」

麥西・漢默曼說：「安娜將軍那台推車已經用了四十二年。我父親親手打造那台車的時候，我才剛開始學著用鎚子呢。」

安娜將軍說：「四十二年來，這台車沒有一天出過問題。麥西的爸爸跟我說過：『我打造的推車可以用一輩子。』現在好了，意思是我可以去死了。」

「拜託別這樣，安娜將軍。」培瑞茲老爹說。

「放心，我不會去死的。」安娜將軍說：「我才不要讓卡車稱心如意。我習慣用那台車，但是沒關係，麥西・漢默曼會再幫我打造一台。我不能理解的是：為什麼我們不像之前那樣反擊？卡車撞掉我的輪子，我卻只能乾坐著賣蘋果梨子，我不喜歡這樣。」

熱狗哈利說：「我百分之百贊成反擊。」

麥西・漢默曼說：「這不是贊不贊成的問題。如果我們違反休戰協定，麻煩就大了。警察局長答應市長要逮捕任何違反休戰協定的人。」

安娜將軍說：「卡車都撞壞我的車軸了，還叫什麼**休戰**啊？」

「你說得對。」麥西說：「但是你要怎麼證明這不是意外？現在我們要是對卡車造成任何損害，都要承擔非常大的風險。卡車司機正瞪大了眼，只要給他們逮到一個好理由，就能讓市長把我們徹底趕出街道。」

「麥西說得對。」耶路撒冷先生開口發言：「現在的時機很敏感，我們絕不能破壞卡車。不過我有個主意——我們可以和平抗議。」

「**和平！**」安娜將軍語帶不屑，「像斷掉的車軸一樣和平？」

耶路撒冷先生搖搖頭說：「像和平遊行。我的意思是：卡車打算趁沒人注意的時候把我們一個個撞翻。他們這回撞了安娜將軍，每個人都說這是意外。」

「這我們早就知道了。」熱狗哈利說。

「我快要說到重點了。」耶路撒冷先生說：「假設有台卡車一次撞翻了一百七十台手推車，這還會是意外嗎？」

安娜將軍說：「所以我們應該全部被撞死？這就是你要說的嗎？」

「拜託仔細聽我說一次就好。」耶路撒冷先生耐著性子說：「我的想法是這樣：我們選三條街，三條每天有很多卡車經過的街道。然後我們分成三隊，每一隊各有一百七十台手推車，沿著這三條街遊行。我們的隊伍橫跨整條街，六或七輛手推車排成一排，就像遊行的行列一樣緩緩前進。」

「或者像是軍隊，」安娜將軍插嘴：「一支有三個師的軍隊。乾脆就當作是軍隊吧，我喜歡這個主意。繼續說啊。」

耶路撒冷先生繼續說：「我們堵住遊行的街道，卡車自然沒辦法通過。當一台卡車開過來，司機大喊：『手推車快滾開別擋路！』但是我們繼續前進。非常和平，像平常一樣做生意。」耶路撒冷先生暫停了一下，讓大家想像那個畫面。

培瑞茲老爹一臉懷疑的問：「我們像平常一樣做生意，卡車繼續往前開？」

「就讓它繼續往前開。」耶路撒冷先生說：「我們會怕嗎？不會。要把我們推開，卡車得撞翻六台、十二台、十八台、四十台，甚至是一百七十台手推車，才能開過去。這還會是意外嗎？」耶路撒冷先生質問。

「不，」耶路撒冷先生興高采烈的回答了自己的提問，「這不可能是意外！所以卡車司機必須和我們交涉談判。他們必須保證不再撞手推車。」

熱狗哈利說：「**談判**？他們可能寧願撞過來──六台、十二台、十八台、四十台、一百七十台──他們才不在乎撞翻多少台手推車。」

耶路撒冷先生說：「嘿，要是他們真的撞過來，每個人都會看到是誰破壞了休戰協定。怎麼可能意外撞翻四十台手推車？我想他們不敢這樣做。」

「要是他們真的敢呢？」熱狗哈利問。

耶路撒冷先生聳聳肩：「那就撞翻六台、十二台、十八台、四十台手推車吧。或許我們全都會被撞死。這是戰爭啊，不是嗎？」

「可你說這是**和平遊行！**」熱狗哈利說。

「我們有撞人嗎？」耶路撒冷先生問：「我們有違反任何法律嗎？」

「有。」花販莫瑞斯回答，「當然啦，我們會在單行道上遊行，如果卡車向我們開過來，我們也向卡車前進，這樣一來，我們就是在單行道上逆向——這是違法的。」

耶路撒冷先生笑著說：「輕微的交通違規和破壞休戰比起來算得了什麼？。」

「對，沒什麼了不起。」安娜將軍表示同意，「事實上，這個計畫非常好，我要排在第一列。你可以趕快幫我造好推車嗎，麥西？」

29 和平遊行

麥西・漢默曼及時趕在和平遊行前完成了安娜將軍的新推車，這是因為安娜將軍允許他使用電鑽和電鋸。麥西曾經告訴警察局長，安娜將軍喜歡純手工打造的推車，這一點倒是事實。

「但現在是戰爭，」安娜將軍說：「更重要的是能夠趕上和平遊行。」

後來麥西・漢默曼表示他曾經獲得的最大讚美，是安娜將軍看到新推車時的評語：「就算用了電動工具，麥西・漢默曼打造的推車半點不輸他爸爸手工製造的推車。」安娜將軍的讚美讓麥西備感榮耀，所以他自掏腰包幫安娜將軍買了一整車最高級的蘋果和梨子，好讓安娜將軍在和平遊行時看起來體面風光。

這支和平軍隊按照耶路撒冷先生的規劃分成三支隊伍，每隊大約一百七十台推車。耶路撒冷先生領導第一分隊在西街行進，熱狗哈利指揮第二分隊沿著布隆街遊行，安娜將軍親自率領第三分隊踏上格林街。

安娜將軍下令，所有分隊在和平遊行當天早上七點半就定位，才能夠在街上人車越來越多之前排好陣勢。也就是說，有些小販必須在天亮以前出發，才能準時抵達所屬的分隊位置。

這是一場井然有序的和平遊行。小販們全都穿上最好的衣服，許多推車還特地重新上漆。每個分隊都有幾個小販高舉海報，有些推車上頭掛著標語橫幅，上面的字是艾迪・摩洛尼寫的。這些字看起來很專業。

全部的標語都寫著**和平遊行**，有些是用馬戲團式的字體寫的，有些是用普通的字體。海報上則寫著不同的文字：**公平對待手推車、停止欺負手推車、手推車愛好和平**。有些海報裝飾得五顏六色、多采多姿，有花、鳥和其他艾迪認為適合和平遊行的圖案。安娜將軍認為加上一、兩隻獅子會很棒，因為艾迪擅長畫獅子是出了名的，和他的字一樣厲害。但是艾迪說獅子和和平遊行的主題一點都不搭。

整個和平遊行的過程幾乎完全和平，第一分隊和第二分隊的情況一如耶路撒冷先生的預測。

卡車司機發現第一和第二分隊擋在面前，便停下了車。前面幾排小販拒絕讓卡車通過，當卡車司機看到綿延三、四個街區的後援手推車，他們明白自己無計可施。

經過內部討論，卡車司機同意他們不可能在排滿手推車的街上硬闖過去，雖然他們氣到很想這樣做。倒不是因為卡車沒辦法靠撞開手推車殺出一條路，難就難在當卡車司機和小販爭吵、要他們讓路的同時，那些標語和海報吸引了一大群人圍觀。要是卡車挑釁這支和平軍甚至傷到了人，這些旁觀者會認為卡車司機顯然是蓄意衝撞手推車。

卡車司機很不甘願必須向手推車小販讓步，但是他們別無選擇。糟的是，卡車後方已經迅速累積了長長的車陣，害他們連掉頭往回開都沒辦法。

到後來，在西街和布隆街這兩處的卡車司機縱然萬般不情願，還是不得不同意了耶路撒冷先生和熱狗哈利開出的條件。條件很簡單，就是答應籲請卡車三巨頭和麥西・漢默曼會面，共同商討和平解決紛爭的方案。

一個卡車司機警告耶路撒冷先生，就算三巨頭同意和麥西・漢默曼對談，也不保證手推車能得到想要的結果。

耶路撒冷先生微笑回答：「或許不會，但這是個開始。對談總好過對戰。」

「而且呢，」培瑞茲老爹補充道，「要是對談沒有結果，我們可以再次發起遊行。」

等到卡車司機答應要求三巨頭和麥西碰面，培瑞茲老爹發給他們每人一袋椒鹽脆餅表示善意。差不多在同一時間，布隆街上的熱狗哈利也正在發送免費熱狗。

之後耶路撒冷先生和熱狗哈利示意整個分隊把推車向後轉，沿著街道和平前進，為卡車司機開路。在兩位領導人一聲令下，所有小販都掉轉了車頭。

由於手推車沒辦法快速前進，卡車只好跟在他們屁股後面慢慢開過好幾個街區。這種情況看在人行道沿路的旁觀者眼中，就好像第一和第二分隊的手推車正在帶領一場勝利遊行——某種程度來說也確實是這樣。偶爾有人拍手，培瑞茲老爹就像大明星那樣左右鞠躬答禮，引得人群更用力拍手，甚至還爆出了歡呼喝采。

然而在格林街的第三分隊卻遇上了麻煩。這支和平大軍碰上的第一台卡車很不巧是由艾伯特・P・麥克所駕駛——正是那個在手推車戰爭一開始撞飛了花販莫瑞斯的麥克，這時也同樣開著那台巨象。

30 二度攻擊

麥克看到眼前黑壓壓的手推車大軍，起初還以為自己在作噩夢。自從撞翻花販莫瑞斯之後，麥克始終擺脫不了手推車的夢魘。

麥克認為自己一定是在作夢，因為這是一條單行道。他知道他走的方向是正確的，而且從後照鏡可以看到後頭至少有其他六台卡車。麥克心想，七台卡車不可能同時在每天必經之路走錯方向。

滿心疑惑的麥克持續往前開到距離手推車不到三公尺處，才猛踩煞車——因為煞得太急，結果緊跟在後的卡車狠狠撞上他的車尾。

一陣玻璃碎裂聲響起，聽起來像是有一千個雞尾酒缸被砸碎——事實正是如此，那天早上麥克的卡車載滿了雞尾酒缸。麥克本人被猛拋向前，重重撞上了方向盤，有那麼一瞬間他很肯定自己的肋骨斷了。他倒抽了一口氣，目瞪口呆的往下盯著手推車看。

這絕對不是夢。密密麻麻的手推車一路排到視線的盡頭。麥克氣炸了，猛按喇叭警告手推車和平大軍挪開讓他通過。

沒人移動半步。安娜將軍排在第一排正中央，新推車上高高堆滿了麥西・漢默曼買給她的高級蘋果。安娜將軍就站在那兒吃蘋果，一副氣定神閒的模樣。

麥克了解到這些小販半點也沒有要讓他通過的意思，他從駕駛座發出怒吼：「這是在搞什麼鬼？」

「你自己看啊。」安娜將軍一邊說一邊漫不經心的把蘋果核扔向麥克的一個前輪。

「牌子上有寫。」

麥克可以清楚看到那些牌子，但是他根本不想看上面的字。

「快滾開！」麥克咆哮著，但是沒有半個小販理他。有些小販正忙著做生意，已經有不少人圍過來看和平遊行。

停在麥克後面的其他幾個卡車司機已經爬出駕駛室，走到前面來看發生了什麼事。安娜將軍向他們解釋，如果卡車司機答應往後讓手推車小販平安無事的使用街道，就可以讓他們通過。

一名司機質問：「我們為什麼要答應你們任何事？」

「如果你們不答應，我們就不讓你們通過。」安娜將軍說：「隨你們自己選吧。」

另一個司機問：「你是想要找人打架嗎，女士？」

「在休戰期間打架？」安娜將軍一臉震驚，「當然不是。我只是想要和我的手推車安安穩穩的待在這裡，我的朋友們也是一樣。」

卡車司機不知道該怎麼辦，他們回過頭找麥克商量；麥克從頭到尾拒絕下車和手推車小販談判。

麥克說：「我要過去了。」

「不行，麥克。」一名卡車司機勸告他，「他們數量太多了。」

「馬上就會變少了。」麥克邊說邊發動引擎。

「等等，麥克，等一下！」他的朋友苦口婆心的勸阻，「你瘋啦！」

麥克遲疑了。他往下看著手推車和平大軍，目光很不巧的落在第一排的花販莫瑞斯身上，他就站在安娜將軍旁邊。

自從撞爛了莫瑞斯的推車後，麥克一直對莫瑞斯懷恨在心，他認為莫瑞斯害他在老婆面前變成了壞人，因為老婆對他說，開大卡車不代表他有權欺負小車。

所以當麥克看見莫瑞斯推著新推車站在最前排，他意識到同一個小販竟然**第二次**擋了他的路，這個念頭使他怒火沖天。他雙眼緊盯著莫瑞斯，引擎加速，放開了煞車。

「注意，」他大喊：「我要過去啦！」

兩個卡車司機跳上麥克車身側邊的腳踏板，抓住他的手臂，麥克一把甩開他們。

麥克怒吼：「他們占據了街道，你們看不出來嗎？這是違法的。」

其中一個司機說：「但是他們有一、兩百台。你沒看到嗎？」

「我看得到。」麥克的聲音冷靜得嚇人，「重點是，這台卡車光是淨重就高達九千公斤，如今還裝滿了貨物。」

麥克踩下油門，那兩個試圖和他講道理的卡車司機往後退，麥克直直衝進了手推車和平大軍的行列。

瞬間傳來一陣可怕的破碎撞擊聲——手推車變形扭曲，碎片飛上了天，在旁觀人群的尖聲驚呼中，輪子、橫木、蘋果、二手衣物、跳舞娃娃……下雨般落在他們頭上。

就在這時，被卡車衝撞的一台手推車車軸飛出去，彷彿設計好了似的直直穿過麥克的擋風玻璃，以不到兩公分的差距擦過麥克的頭，使得卡車失去控制。這台巨象一個急轉彎衝上人行道，撞斷一個消防栓，又撞穿一大片玻璃窗，撞進一家自助餐館。

奇蹟似的沒出人命。第一排正中央的安娜將軍和花販莫瑞斯首當其衝，在卡車撞過來的時候趴倒在地；卡車撞爛了他們的推車，然後從他們頭上開了過去。

要不是安娜將軍，莫瑞斯可能已經沒命了。安娜將軍在緊急時刻抓住莫瑞斯的手，把他扯倒在地。原本莫瑞斯整個人凍結在原地，因為他發現他就要被同一個卡車司機在三個月內第二次撞倒。莫瑞斯驚愕的呆站在卡車行進路線的正前方，幸虧安娜將軍反應快，救了他一命。

排在安娜和莫瑞斯後頭的小販有幾秒鐘的緩衝時間跑向街道兩旁，不過當然啦，手推車是沒得救了。大約八十輛手推車報廢，另有不少手推車嚴重受損。有些人斷了手臂和腿，還有大片的割傷和瘀傷。不過情況原本可能比這更糟。

光是自助餐館的損失就高達四萬美元，業主還說，要不是所有客人在發生撞擊前幾分鐘跑到外面街上看熱鬧，估計會有好幾百人喪命。麥克當場被捕，罪名是危險駕駛，有大批目擊者急著向警方作證，直指麥克蓄意衝撞手推車。

儘管損失慘重，手推車小販卻心滿意足。他們深信，麥克的粗暴攻擊徹底揭露了街道紛爭的源頭。艾迪•摩洛尼把安娜將軍扛上他的手推車，親自推著她一路回到麥西•漢默曼的工作室，準備慶祝勝利。只不過，這場慶祝活動始終沒有舉行。

31 市長的奇襲

當歡欣鼓舞的第三分隊抵達麥西的工作室時，卡德市長已經發動了孤注一擲的奇襲，意圖一舉掃蕩整支手推車大軍。

第三分隊成員踏進地下室，發現第一和第二分隊的隊友正目瞪口呆、不敢置信的收聽廣播：卡德市長親自宣告暫時撤銷所有手推車執照，直到另行公告。

卡德市長說：「軍隊就是軍隊，不管是自稱和平軍還是什麼軍，都是軍隊。我認為，手推車小販組織軍隊的行為顯然已經違反了休戰協定，挑起暴力和負面觀感，更別提中斷了本市三條街的交通，還破壞公共財產。」

「你在說什麼啊？你這個瘋子卡德！」安娜將軍咆哮著，一把抓起麥西的手提收音機，憤怒的猛力搖晃。

「我所說的，當然是今天上午格林街的消防栓被毀一事。」市長的聲音繼續從收音機中傳來。

「消防栓毀了？」麥西尚未聽說關於麥克攻擊手推車和平大軍的全部細節。

花販莫瑞斯回答：「當然是卡車撞的。就像平常那樣。」

市長還在說：「消防局長極度不滿。格林街大淹水，出動數名消防員，花了一個小時才封住總管。」

「消防局長不滿，」安娜將軍對著收音機怒吼，「這就是最糟糕的事嗎？」她差點把收音機扔到地上，還好麥西從她手上用力奪下收音機，然後輕柔的領她坐上椅子。

市長繼續說：「我對這場亂象也難以接受。因此，我不只要暫時中止所有手推車執照，還要在下週的市議會中建議永久撤銷執照。」

小販們茫然瞪視著收音機，市長繼續慰問麥克的家人以及因為這場手推車發起的遊行而遭受不便的所有卡車司機，向他們表達同情之意。市長還說，對於麥克被逮捕他深感遺憾，他會盡一切努力使麥克儘快獲釋。

另一方面，市長表示他相信市民們已經見識到這位偉大司機的勇氣——他不顧人數懸殊的惡劣處境，挺身捍衛交通權。市長說：「想想看——一個卡車司機英勇對抗幾百台手推車！」

至於第一和第二分隊從卡車司機獲得的承諾，市長表示猛獁先生已經表明，他和另兩位「巨頭」無意會晤麥西・漢默曼。市長解釋，由於和平遊行明顯違反了神聖的休戰協定，所以這三位守法公民無須兌現違法行動脅迫下的承諾。

就在這時，耶路撒冷先生站起來，不發一語的撿起麥西的一把鎚子，把收音機砸了個粉碎。

其餘小販瞠目結舌，對於整個情勢難以置信的轉折驚訝得說不出話來。麥西催促眾人儘快輕手輕腳的回家，把手推車推離街上，因為市長的宣告使全體小販置身於隨時可能被捕的險境。

由於耶路撒冷先生除了街上沒有其他地方可以存放推車，所以麥西堅持要他留在工作室過夜。這是耶路撒冷先生七十年來第一次睡在室內，讓他感覺自己像個老人。

32 卡車飛鏢靶

和平遊行當晚，卡車三巨頭志得意滿的走出卡德市長辦公室，深信卡車這一方勝券在握。市長的廣播必定會使得手推車小販打消一絲一毫繼續抵抗的念頭。

事實上，三巨頭一離開市長辦公室便開始盤算「破車行動」，這是預定在秋天對汽車發動攻擊的行動代號，也是躍馬整體改造方案的第二階段。然而，三巨頭想都沒想到一場心理戰的勝利將會牽動整個戰局——那是賣花的法蘭克在麥克被拘禁期間嚴重打擊了麥克的士氣，也在消息傳到三巨頭耳中時，連帶打擊了他們的士氣，對於後續幾週的事態發展產生決定性的影響。

麥克被逮捕後，關進了賣花的法蘭克正對面的牢房，這件事本身就足以激怒麥克。雖然他很高興看到法蘭克還在牢裡，但是一想到法蘭克看到他被關進來應該也會幸災樂禍，就讓麥克火冒三丈。

從被關進牢裡的那一刻，麥克就不斷暴怒發飆、拳打腳踢、侮辱警衛，總而言之就是非常惹人討厭。警察局長接獲警衛的抱怨前來查看時，麥克還踢了他一腳。

警察局長判定麥克絕對屬於暴力分子。當卡德市長出面要求釋放麥克時，警察局長拒絕了。

卡德市長的說法是，他已經宣告和平遊行違法，所以危險駕駛的罪名不成立，警察局長拘留麥克於法無據。

警察局長的回覆是，「危險駕駛」還在其次，因為有其他更嚴重的罪名。麥克駕著卡車衝進去的那家自助餐館老闆宣稱，不管危險駕駛的罪名是否成立，麥克擅闖他人房舍罪行確鑿，而且他拒絕撤回控訴。

警察局長說：「他的另一項罪行是對警官動粗，而我拒絕撤回控訴。」

顯然警察局長做事很有原則。沒有人會為了好玩而把麥克抓起來關，而且他的脾氣越關越壞。

看到賣花的法蘭克在獄中自得其樂，讓麥克惡劣的情緒雪上加霜。當然啦，現在法蘭克已經習慣獄中生活，而且收到許多信和明信片，不只來自他的手推車小販同伴，還有幾百名支持者。

花販莫瑞斯每天寫信、每週送兩次鮮花給法蘭克；麥西・漢默曼定時寄給法蘭克最新戰況報告：安娜將軍答應法蘭克，等他被放出來就讓他升級當將軍。

為了不讓法蘭克擔心，沒有人向他透露市長宣布即將撤銷所有手推車執照，所以法蘭克一心以為手推車仍然占上風，自然不會相信麥克說的任何反話。

賣花的法蘭克樂觀的心態以及相信手推車勝利在即的堅定信念，毫無疑問使得麥克非常惱怒，但是真正讓他抓狂的是法蘭克的飛鏢靶。

有個老太太在報上讀到法蘭克的新聞，便用鉤針編織了一個大飛鏢靶送給法蘭克，這個粉紅色和綠色相間的飛鏢靶上織了二十台卡車，一圈圈圍繞著靶心，還附上大批用縫衣針做成的飛鏢（老太太特地在信上致歉：「你八成比較喜歡豆圖釘，但是你知道的，最近圖釘非常貴。」她寄信來的時候，正是圖釘稅鬧得不可開交時）。

賣花的法蘭克把這個飛鏢靶掛在牢房牆上，每天早上看完信件之後，就開始練習射擊卡車。法蘭克一心期待要是能重回戰場，他要證明自己是個名副其實的神射手。想到所有支持者都高估了他的實力，就讓他感到慚愧。

每當獄警經過法蘭克的牢房，總會大聲問他：「成績怎麼樣啊，法蘭克？」法蘭克回應：「上一輪二十發中了十七發。全部加起來有一百一十六。」

有時候獄警甚至會進到法蘭克的牢房試試身手。他們還挺喜歡賣花的法蘭克，因為神經病總好過暴力犯。他們戲稱法蘭克的牢房為射擊場。

麥克被捕後，獄警便把飛鏢靶心的那台卡車叫作「巨象」，每次有人射中巨象，法蘭克的牢房就會傳出一陣歡呼，法蘭克把別在帽帶上的花當成獎章，頒給每個射中巨象的人。從獄警制服上別著的雛菊或矢車菊數目，麥克可以算出他射中了幾台巨象。

每當聽到法蘭克和獄警的談笑和呼喊分數的聲音，麥克就會把餐盤摔到走廊上，要求換個安靜的牢房。這種時候獄警會派代表到對面去叫麥克放低音量，因為他打擾了射擊場的客人。

晚上麥克會趁著附近沒有獄警時，隔著走道對法蘭克叫囂威脅：「你等著瞧吧。戰爭差不多結束了。等到正式結束──哼！」

他的威脅對法蘭克毫無作用。法蘭克認為麥克身陷囹圄，代表手推車情勢大好。

一週後，法蘭克依舊樂觀，麥克自身的信心反倒崩潰了。一天早上獄警發現他蜷伏在床下寫信給三巨頭，信中充滿絕望，懇求他們投降。

麥克寫道：「有個老太太提供他們彈藥，好幾千個軍官正在受訓，他們會一直打到最後一台巨象滅絕。」

獄警收了信交給警察局長，局長大笑著說：「把信寄給莫・猛犸。記得限時專送。」

33 逆轉勝：紙上大反攻

可惜賣花的法蘭克的信心無法分享給其他知道事實的手推車小販——戰況儼然沉到了谷底，從市長揚言撤銷手推車執照起，大部分人已經放棄了希望。就連曾經以「美國手推車之王」暨「手推車戰略幕後主腦」之姿登上雜誌封面的麥西·漢默曼都非常消沉。

麥西對同伴說：「很快就要沒有手推車了，這種王當起來還真是過癮。」

安娜將軍說：「誰說要放棄了？現在我們要和市議會作戰。」

「你沒辦法和市議會打。」麥西鬱悶的說：「他們全都躲起來開會。你不會在街上看到他們。」

麥西解釋：「手推車原本有合法權利上街，我們可以為自己的權利奮戰。但要是市議會立法反對手推車，我們就沒有可以爭取的權利了。如果我們抗爭，就是違法。」

所有紐約市民似乎都認定手推車戰爭就這麼匆匆畫下句點，一家報紙甚至刊出了〈手推車之死〉的報導。

然而還有一場戰役正要開打——這是由一張照片所挑起，也就是幾個月前馬文・席利拍下麥克第一次撞飛花販莫瑞斯的照片。戰事進行到這個時候，人人都想知道這場戰爭究竟是怎麼開始的，促使艾蜜莉・韋瑟把她收藏在剪貼簿裡的這張得獎照片拿給丈夫巴迪・韋瑟看。

如同我們所知道的，巴迪把馬文的照片放大好看清楚當時的情況，他認為他從放大照片中發現的事實很有意思，決定把照片刊在報紙頭版。

接下來發生的事出乎所有人的意料之外，包括巴迪・韋瑟在內。巴迪認為自己只是個盡責的編輯，不過是花點時間蒐集拼湊出一些事實，他一點也沒想到馬文的照片會引發一連串的效應。

這張照片觸發了手推車戰爭中最激烈、無疑也是最奇特的一場戰役。這場戰役不是發生在街頭，而是一場紙上筆戰，開啟手推車戰爭的轉捩點。

一夜之間，全紐約市所有報社紛紛收到關於手推車的投書，以下所引述的讀者投書是某家報紙在六月十八日刊出的內容：

親愛的編輯先生：

如果沒有手推車，在公園裡要怎麼買到餵松鼠的花生呢？

賴瑞・吉伯特，八歲

編輯您好：

我從事服飾業，車外套袖子已經三十五年了。我喜歡我的工作，但是錢賺得不多，沒辦法上餐館吃午餐。我喜歡到熱狗哈利的手推車買熱狗配酸菜，或是香熱烤洋芋。每天中午哈利都會到我工作的地方來，只要花二十分錢就可以向熱狗哈利買到一頓美味的午餐。如果肯花二十五分還有飯後水果。好幾個朋友都和我買一樣的午餐。

貝西・史瓦茲

編輯您好：

我先生有一台手推車，如果不准手推車上街，我真不知道該怎麼辦才好，因為我唯一能夠得到安寧的時間，就是在我先生推車子出去的時候。我愛我先生，但是男人應該要有工作可做。

碧莎・班尼克太太

親愛的編輯：

每天下午放學，我們都會向停在學校操場邊的「好心情」推車買好心情冰棒。要是在學校度過又忙又累的一天後買不到好心情冰棒，我們心情會很不好。

莎莉・貝克　薇薇安・維克勞斯　貝里森・富頓
哈洛德・簡恩　喬治・沃格特　華倫・賀德
凱斯・阿密許　約爾・邁耶　瓦稜・尼利
羅伯特・威廉斯　貝蒂・羅森鮑爾　維拉・布克哈特
琴茵・史密斯　雅琳・恩德林　愛蓮娜・羅揚斯基
瑪麗・威赫　波尼・薛伯

（第四十二公立小學二年級）

編輯鈞鑒：

請行行好登出這封信。我今年九十九歲了，沒辦法走很遠。每天早上都有一輛賣香蕉的手推車經過我家門口，只要招手就會在我的窗戶外面停下來。我幾乎完全靠香蕉過活，要是沒有這輛手推車，我不知道該怎麼活下去。

編輯您好：

我賣塑膠製品，買進來的所有塑膠製品都裝在大紙箱裡，商品上架後得想辦法清掉這些紙箱，因為我的店裡放不下這些大箱子。

如果請卡車運走紙箱，我得支付每小時十美元的費用，這是卡車司機的最低收費。但是有個手推車小販願意免費幫我搬走紙箱，因為會有其他需要包裝商品的人找他買紙箱。要是我得付卡車每小時十美元，還不如關門大吉別做生意了。

克萊拉・華盛頓太太

親愛的編輯您好：

上星期有輛卡車撞上我的擋泥板，那是我在法國巴黎買的一台可愛小車。司機是故意的。現在我才知道那些推手推車的人感受如何，我認為我們應該儘可能幫助他們。

E・席格

編輯您好：

南茜・瑞本

我開了一家二手商店，店裡賣的所有東西幾乎都來自手推車小販，他們在街上撿回那些被丟棄但是其他人可能用得到的東西。我想問的是，要是沒人去撿那些舊烤箱、椅子和各種雜貨，我要怎麼做生意呢？人們丟掉的這些東西會讓你大吃一驚，上週我才從一台手推車那裡拿到一個幾乎全新的打蛋器。其實，手推車一直在幫忙清理街道。

阿西・畢思奇

編輯您好：

我是個愛好藝術的人。我想說的是，我認為手推車的條紋傘和老式的大輪子構成一幅美麗的畫面。我畫了很多手推車的素描。而卡車實在很醜。

R・索伯特

編輯您好：

有一件事，我相信會引起所有動物愛好者的同情和關切。我的西班牙長耳獵犬名叫小餅乾，她陪伴我十一年了，每次上街有大卡車經過她就會非常緊張。但是她很愛手推車，一見到就會衝上去讓推車主人逗逗她。現在街上卡車這麼多，我實在不敢帶小餅乾上街散步。

亞瑟・溫科

編輯您好：

一年前我退休搬到魯邦加島，這裡沒有卡車。我們自己做花生醬，過得很快樂。很遺憾得知紐約市仍然飽受卡車的困擾。

阿奇・樂夫

編輯您好：

這是我第一次寫信給報社，因為那張巨象猛撞手推車的照片讓我非常難過，難過到晚上睡不著覺。這整件事看起來很不對。

琴・麥瑞爾

致編輯：

紐約到底是為了卡車還是為了人而運轉呢？手推車是由人推動的，這些人賣東西給其他願意向手推車買東西的人。誰需要四百箱花生醬呢？

手推車保存委員會

致編輯：

既然我們的問題是街道過於擁擠，那麼，除掉三十萬台卡車豈不是比除掉五百台手推車更有幫助？

撤銷卡車執照委員會

親愛的編輯：

我就是很討厭卡車。

一個忠實讀者敬上

編輯您好：

我一直在注意貴報讀者的投書，拜讀他們對於手推車小販在紐約市內遭遇的困境所表達的關切。我想貴報讀者可能會想知道，我所在的伊利諾州和諧市通過了一條法律：

凡是製造、銷售、駕駛卡車均觸犯刑法，可處以兩萬美元罰金或二十年徒刑。

艾瑪・庫斯

編輯您好：

我在你們報紙上看到手推車之王麥西・漢默曼的故事。我在想，為什麼沒有「手推車女王」呢？我的志願是長大以後要當手推車女王！

愛麗絲・邁爾斯，十歲

這還只是開始，每一封刊出的讀者來信似乎都激發了上百人提筆寫信到報社。巴迪・韋瑟表示，這輩子從來沒收過這麼多讀者的信，關於手推車的投書如潮水般湧入。雖然編輯只能刊出所收到的極少部分信件，大約是千中選一，但因為數量過於龐大，一週之內「讀者來函」的版面快速擴充，好幾家報紙不得不刪減體育、時事和漫畫版，好容納這些來信。

卡車司機不知道該如何看待報上的數百封投書。從這些信看起來，除了卡車司機以外，**每個人**都站在手推車那邊。

有些卡車司機試著對這些投書一笑置之，他們說：「寄信給報社又怎麼樣？大家都知道只有神經病才會這麼做。」

但是卡德市長可笑不出來。他對妻子說：「神經病和其他所有人一樣有投票權。夠多的神經病可以讓一個市長當選，或是落選。」

卡車三巨頭也笑不出來。當大莫讀到艾瑪‧庫斯的投書，得知在伊利諾州和諧市是由市民公投反對卡車上路，他知道該是認輸的時候了。

大莫很清楚絕大部分紐約市民站在手推車那一邊，如果市長真的撤銷手推車執照，人們只會對卡車更加不滿。一想到市民有可能像艾瑪‧庫斯建議的那樣，投票表決把卡車趕出街道，大莫便決定絕不能冒這樣的風險。

路易‧利佛昆一心想要繼續執行整體改造方案。他說一旦破車行動正式展開，民眾會心生畏懼，不敢投票反對卡車。然而自從麥西‧漢默曼智取大莫的義大利防彈車後，大莫對整體改造方案的信心就大不如前了，麥克限時專送寄來的那封信裡提到的「滅絕」兩個字，更讓他打從心底發寒。

大莫質問路易：「光是對付你保證輕而易舉的手推車就這麼困難，還談什麼整體改造方案？」

威虎也同意和手推車談和，於是在七月四日大莫打電話給卡德市長，市長也正準備打電話給他。

大莫告訴市長，他願意和麥西・漢默曼會談，擬定雙方都能接受的協議。這正是市長準備向他提議的內容，當然也是手推車和平大軍四個月以來奮戰的目標。

「換句話說，」麥西・漢默曼一輩子沒這麼驚訝過，「我們贏了這場戰爭。」

34 哈密瓜大進擊

如果有任何卡車司機認為大莫太過輕易屈服於讀者投書，接下來發生的哈密瓜大進擊肯定會翻轉這種看法。這是一場奇特的戰役，發生的時間介於大莫認輸之後和商議條件的手推車和平會談之前。

大莫舉白旗後的第二天，全部的手推車再次上街，所到之處群眾熱情歡呼，尤其是在布里克街。

布里克街位於第六和第七大道之間，每天沿街排著十幾台手推車，一台接一台，形成一個迷你露天市集。在這裡，家庭主婦不用踏進任何一家店門，就能買到各式各樣的新鮮蔬果和雜貨。

這一天，許多手推車小販加入了固定在布里克街做生意的同伴行列，因為經過報紙大篇幅報導手推車戰爭，這個露天市集必然會吸引很多人。

當天早上來到布里克街的手推車至少有三十台，生意好到應接不暇，女士們團團圍在推車旁挑選蔬果，貨比三家。

培瑞茲老爹也來湊熱鬧，雖然他賣的不是蔬果，但是在愉悅的氣氛下，不到十點就賣完了整車的椒鹽脆餅，開始和一個客人在路上跳起華爾滋。大約十點零五分，正當所有人為這對舞者歡呼喝采時，六輛卡車開了過來。

「他們來了！」一個年輕女性激動高喊：「那些卑劣的卡車！」她從剛買的一袋哈密瓜當中抓出一顆，用力扔進其中一台卡車敞開的窗口。

被哈密瓜砸中的司機猛的撞上了前面的卡車，後頭的卡車紛紛緊急煞車。接著，在手推車小販還沒搞清楚發生什麼事的情況下，顧客們已紛紛抓起放在路邊板條箱裡的哈密瓜、番茄、桃子和高麗菜，那些是小販們早上拆箱時發現品質不夠好的蔬果。

「吃個桃子吧！」一位女士大喊，朝另一輛卡車扔出發霉的桃子。

「請你吃甜瓜！」另一位女士喊。

「上好的軟梨！」

「爛蘋果！」

「來點沙拉吧！」有人拋出一顆萵苣。

「上好的鮮魚！」路邊一家魚店老闆忍不住參一腳，把一條肥美的比目魚投進一輛卡車的駕駛座。

「番茄吃到飽啦！」一位老太太慷慨的倒空了整個購物袋。

卡車司機跳下車試圖找地方躲藏，卻被團團包圍。女士們從四面八方向他們不斷開火，一名卡車司機閃身躲過一顆爛熟的芒果，結果卻被高麗菜砸中了頭。

蔬菜水果滿天飛——桃、梨、蘋果、石榴、黃瓜、高麗菜、哈密瓜。大部分是哈密瓜，因為正值哈密瓜盛產季節。

十點半，警笛聲傳來，一輛警車呼嘯著繞過街角。兩名警察跳下車，抓住一個正拿著哈密瓜仔細瞄準的紅髮婦女。

其中一名警察說：「嘿，女士，戰爭結束了。你沒聽說嗎？」

「當然。」她回答：「我們正在慶祝呢。」

「是喔。」警察環顧四周，看到所有人都在高聲談笑，開心得不得了。

「嗯，既然如此——」警察接過婦女手中的哈密瓜，用驚人的準確度狠狠砸中一個逃跑的卡車司機後背，把他敲得往前一頭栽進整車番茄。

「太棒啦！」紅髮婦女拍手叫好，親吻了警察。這是一個狂野的早晨。

到最後得出動五十輛警車趕往現場，才勉強恢復秩序。直到卡車司機們好不容易逃進地鐵入口，才終結這場混戰。

警方沒有逮捕任何人，情況很明顯是市民在慶祝漫長而疲憊的戰爭終於結束。對手推車小販而言，這是一場所費不貲的慶祝活動。激動的女士們扔完爛掉的蔬果以後，開始動手取用推車上完好無缺的農產品。事後大部分女士表示願意付錢，但是很多人根本搞不清楚是從哪一輛推車拿了什麼蔬果。反正小販也不肯收錢。

手推車小販很感謝市民的支持，他們對這些女士說，一些甜瓜和桃子無非是他們能為這場慶祝活動貢獻的小小心意而已。

卡車司機們慘遭哈密瓜襲擊後，力勸大莫儘早促成和平會談。市長也樂見其成。

值得一提的是，紐約市最生趣盎然的節慶「哈密瓜節」（在布里克街則稱為「哈密瓜狂歡」），就是為了慶祝這場為手推車戰爭畫上勝利句點的戰役。

每年到了七月五日這天，凡是在布里克街逛街購物的人，都會拿到水果小販免費贈送的一顆哈密瓜。到了晚上街道點起燈，沿街排滿五彩繽紛的攤位，攤位上可以買到「大莫公仔」、紙製手推車，還有手推車戰爭戰場地圖（麥西・漢默曼那張出名地圖的複製品）。街上有人跳舞，還有兒童豌豆槍大賽。哈密瓜狂歡吸引許多觀光客前來同樂，說真的，到紐約一遊時，千萬別錯過！

35 手推車和平會議

手推車和平會議於七月十三日揭開序幕。漫長的夏季苦戰終於落幕，雙方代表於市議會大廳會談。

大莫和麥克代表卡車司機，麥西・漢默曼和安娜將軍代表手推車小販，巴迪・韋瑟和溫妲・甘寶琳代表一般民眾，由艾密特・卡德市長主持會議。

安娜將軍的談和條件很簡單：「市議會應該撤銷所有卡車執照。」

大莫抗議：「這不是協商，這是全面投降。」

安娜將軍反駁：「憑什麼要我們接受更低的條件？」

麥西・漢默曼連忙向大莫解釋，安娜將軍在手推車戰爭中損失了兩台推車，情緒難免比較激動。

而後訂出了和約的頭兩條條款：第一，卡車司機麥克衝撞手推車和平大軍所造成的一切損失均由猛瑪象搬運公司妥善賠償，包括推車、商品和小販所受到的損傷；第二，吊銷麥克的駕駛執照一年。

第三條是關於紐約市區許可的卡車體積大小；而對於多大才算「太大」，出席者意見相左，引發一陣討論。

在場多數人覺得像巨象（或是躍馬以及十噸的威虎）這麼大的卡車就「太超過」，也同意象媽媽的尺寸「也許比必要的大了些」。

溫妲‧甘寶琳自始至終堅持：即使是象寶寶還是太大。大莫提出的辯護理由是，要搬運發電機這類大型物品時，需要「有點大」的卡車。最後達成的決議是，允許少數像象寶寶大小的卡車，但是絕對不可超過這個尺寸。

第四條引發了最多爭議，這一條是關於紐約市內允許的卡車數量。就連麥西‧漢默曼也不得不承認，市民確實需要**少數**卡車。

麥西說：「我自己有時候也會叫卡車。是這樣的，如果我訂一整車的手推車木材，會比一次只訂少量木板來得便宜。」

大莫準備同意減少**少量**卡車，安娜將軍堅持必須**大量**刪減。眼看會談就要觸礁，經過長達四天的爭執，幸虧巴迪‧韋瑟提出解決辦法才化解了僵局，他建議根據「手推車公式」協議折衷方案。

手推車公式是賣花的法蘭克在獄中射飛鏢時想出來的。在巴迪•韋瑟為了研究馬文•席利的照片而去探監時，法蘭克告訴了巴迪這條公式。

這條公式真的非常簡單，簡單到後來有許多人都說：「我也想得出來。」事實上沒有其他人想出來，所以法蘭克依然是公認的手推車公式發明者。

現在紐約每一個中學生都很熟悉這條公式，在紐約市所有學校採用的新版數學課本第十六頁列出了公式內容：

若： T＝卡車

且： t＝時間

則： 1/2T＝1/2t

中學數學課本所舉的範例，和手推車和平會議上提出的內容一模一樣：

若： 紐約市有十萬台卡車（100,000T），交通情況會惡劣到從第一街送一車馬鈴薯到第一百街需要十小時（10t）。

但若：卡車數量減半為二分之一（50,000T），交通惡劣的情況減半，從第一街送一車馬鈴薯到第一百街的時間也減半（5t）。

所以：一輛卡車一天可以運貨兩趟。

亦即：五萬台卡車一天跑兩趟，可以和十萬台卡車跑一趟運送同樣分量的馬鈴薯。

此外：若馬鈴薯商按時數付費給卡車司機，則同樣付十小時的薪水可獲得兩趟分量的馬鈴薯。

因此：馬鈴薯商可以用更低的價格出售馬鈴薯（顧客會很高興）。

結果：所有人（包括手推車小販）皆大歡喜。

萊曼・康柏立教授指出，手推車公式最美妙的地方，在於可以更進一步延伸應用，超越手推車和平會議的初始提議。例如：

若：卡車數量減為四分之一，交通惡劣的情況便減為四分之一（亦即路況變好四倍），則付同樣的運費可以獲得四車馬鈴薯。

或：若卡車數量減為十分之一，則交通變快十倍（下略）。

或：若卡車減為百分之一，則交通變快一百倍（下略）。

康柏立教授笑稱，卡車的數量幾乎可以無限縮減，完全不會影響商業發展。不過，大莫當然不可能在和平會談上同意像康柏立教授設想的那樣，讓卡車極端減量，但他確實同意減半。如同麥西・漢默曼所指出的，剩下的半數卡車，體積只有大型卡車的一半，相當於減少四倍的卡車。

在和約當中還有第五項條款，這是特赦條款：鑑於賣花的法蘭克對和約第四條的貢獻，應免除其蓄意破壞一萬八千九百九十一台卡車輪胎所須服完的剩餘徒刑。

和平會議的尾聲是起草了「禮讓法案」，這項法案在第二週由市議會全體議員一致投票通過，規定大型車輛如以任何方式欺壓小車即為觸法。

36 戰爭過後

手推車戰爭結束後十年內，紐約市大部分卡車司機嚴格遵守禮讓法案。當然也有少數例外——艾伯特·P·麥克因為違反禮讓法案而被逮捕十九次，被判終身拘禁。不過，如同康柏立教授所說，這是可以預料到的結果。

有件事倒真沒人預料得到——溫妲·甘寶琳嫁給了曾經當過卡車司機的喬伊·卡夫利斯。幾年前，喬伊·卡夫利斯把他的日記版權賣給正在拍攝手推車戰爭的電影公司，溫妲·甘寶琳碰巧在該片飾演「溫妲·甘寶琳」一角，因而認識了喬伊·卡夫利斯。

在電影版的手推車戰爭中，是由溫妲在名垂青史的豌豆槍作戰中開了第一槍，而且在和平遊行時溫妲站在第一排，就在安娜將軍和花販莫瑞斯之間，推著一台賣二手鞋的推車。有些溫妲的影迷沒有認出她，因為她在頭上圍了一條披巾。

當然啦，在電影裡是溫妲而不是安娜將軍拯救了花販莫瑞斯；溫妲自己身受重傷，但還是拚命把莫瑞斯拉到安全的地方。

或許值得慶幸的是，安娜將軍沒有看到電影版描繪的和平遊行。她在手推車戰爭過後幾年病逝，享年八十一歲。現在湯普金斯廣場公園有座安娜將軍的雕像，這是第一次有手推車小販的雕像佇立在公園內。雕像底座只刻了兩個字：**徒手**。

在安娜將軍雕像揭幕儀式上發表談話的官員當中，有一位是哈洛德・P・庫格曼閣下，不過手推車戰爭的同袍們更習慣喊他熱狗哈利。當時哈利剛被任命為紐約市登月探索局的標靶長（去年該局成功發射「豌豆針號火箭」至月球北側）。

任命哈利擔任月探局標靶長的不是別人，正是艾密特・卡德市長。雖然他在手推車戰爭中的表現有不少令人非議之處，但是戰後他還是贏得了選舉，三度連任市長。

在戰後的競選活動中，卡德市長提出「馬鈴薯宣言」爭取連任：**馬鈴薯價格不變，分量加倍**，這句口號為他爭取到比上次選戰的「花生醬宣言」更多的選票。在這場選戰中，卡德市長多了「馬鈴薯頭」這個暱稱。

戰爭留下的另一個未解謎團是路易・利佛昆的下落——大莫向手推車認輸之後沒幾天，路易就從位於第二大道的躍馬公司辦公室消失了。

路易的祕書告訴警方，有些文件在老闆失蹤的同時從檔案卷宗消失，其中包括紐約市街整體改造方案。一般普遍相信AST（小型卡車聯盟）和路易的失蹤有關，但始終沒有明確的證據。

曾經一度謠傳路易還活著，藏身在德州的達拉斯，改名換姓後在當地經營機械公司。紐約和達拉斯警方追蹤這則謠言，發現達拉斯確實有家叫作「躍馬」的公司，但是經過調查，這家公司的經營者名叫吉姆・樂奇，是當地深受喜愛的年輕實業家。吉姆・樂奇控告休士頓一家報社刊登不實謠言，宣稱使其商譽受損，從此之後，其他報社對於刊登路易・利佛昆的報導格外小心謹慎。

最後，關於手推車戰爭的記述當然不能漏掉愛麗絲・邁爾斯。愛麗斯十歲時寫信給報社編輯，說她立志成為手推車女王，如今她正一步步邁向自己的理想目標。

愛麗絲從一所頂尖職業學校畢業後，現在有一間自己的手推車工作室，去年她打造的手推車數量和麥西・漢默曼一樣多。麥西說他不介意良性競爭，他很快就要退休了，很高興能看到愛麗絲傳承薪火。

麥西說：「這就是我們發起戰爭的目的，讓紐約市永遠有幾台手推車。」

國家圖書館出版品預行編目(CIP)資料

手推車大作戰 / 琴 . 麥瑞爾 (Jean Merrill) 著 ; 葛窈君譯 .
-- 初版 . -- 臺北市 : 遠流, 2016.04
面 ; 公分
譯自 : The pushcart war
ISBN 978-957-32-7796-5 (平裝)

874.57 105002650

手推車大作戰

作者／琴 ‧ 麥瑞爾（Jean Merrill）
譯者／葛窈君

主編／楊郁慧
封面設計／三人制創工作室 封面及內頁繪圖／唐唐
內頁設計／陳聖真 校對／呂佳真
行銷企劃／鍾曼靈
出版一部總編輯暨總監／王明雪

發行人／王榮文
出版發行／遠流出版事業股份有限公司 104005 台北市中山北路一段 11 號 13 樓
電話：(02)2571-0297 傳真：(02)2571-0197 郵撥：0189456-1
著作權顧問／蕭雄淋律師
□ 2016 年 4 月 1 日 初版一刷
□ 2023 年 10 月 5 日 初版十刷

定價／新台幣 250 元（缺頁或破損的書，請寄回更換）

ISBN 978-957-32-7796-5
遠流博識網 http://www.ylib.com E-mail:ylib@ylib.com
遠流粉絲團 https://www.facebook.com/ylibfans

The Pushcart War: 50th Anniversary Edition